KB104220

Poetry Tales

카페 히피티피
CAFE HIPITIPI

Poetry Tales

카페 히피티피
CAFE HIPITIPI

원교 산문시집

우리글

들어가며

구름옷 입고 살구
민들레 먹고 살구
자네랑 안고 살구

양지바른 산마루에서 '살구꽃이 필 때면 돌아온다던……'
유행가는 노래하지 않았어도, 봄마다 나무에는 물이 오르
고 꽃이 피었다.

살구둑 마을에 둥지를 튼 자시子時 생, 산자락에서 태어
나고 들어 살며 자라온 사람, 꽃이 피고 질 때마다 나무를
씻겨주며 살고 싶은 사람.
그렇지만 낯설고 짓궂은 새들이 찾아오는 장면에서 살구
둑 사람들은 자주 가출을 이야기했고, 나도 떠났다.
가출을 기꺼워하는 것은, 이미 끝났던 가출을 기억하기
때문 아닌가? '모르겠다!'라는 독백과 함께.

"가출은 언제 끝나요? 아야진에서는 언제 돌아올 건데
요?"

"사월에요. 살구둑엔 벌써 살구꽃이 피었을 테죠? 작년 봄 사진을 가끔 들춰 봅니다. 지금쯤 참 고울 텐데……"

강원도 아야진에 머물며 원고를 정리하고 있는 동안, 아내는 프랑스 파리Paris 외곽 수도원으로 피정을 떠났었다.

그랬던 그녀가 먼저 살구둑으로 돌아와 있었다. 문자가 아닌 그녀의 목소리, 봄물이 흐르는 듯 어떤 편안함이 느껴졌다.

내 마음이 중앙선 기차를 타고 섬강을 지나 살구꽃이 하늘을 덮는 마을로 향하는 시내버스에 올랐다. 가슴 맑은 오전이었다.

"오늘 아침에 까치가 울었어요. 꽃길 따라 산허리를 돌아가면 바람도 무척 맑게 불 거예요. 사람들 얼굴마다 조금조금 꽃향기가 돋겠죠. 까치의 속사정은 하얗게 익어갈 테고…… 뭐 필요한 거는 없어요?"

전화를 끊고 나니, 말하지 못한 대답이 생각났다. 내가 정말 원하는 것은 먼저 떠나간 사람들을 위해 제사를 지내자는 것이었다. 그리고 '사월의 제사'라는 말이 어색하지 않기를.

먼저 떠나가신 우리 님네들, 누구누구를 떠올리며 환생을 경험하고 혼자여도 예뻐지는 꽃 편지를 사월의 제단 위에 올리자는 것이었다.

기억하자는 것이었다.

노래를 짓는 일은 나의 몫이니, 축문은 내가 쓰겠다는 것이었다. 간이역과 꽃차가 일러주는 비밀의 정원을 찾아가자는 것이었다. 보물찾기 놀이도 하고, 초파일이 아니어도 연등에 사랑을 담자는 것이었다.

낯선 이에게 권해도 아깝지 않을 노래, '복숭아꽃 살구꽃 아기 진달래'를 부르자고, 살구둑 마을 지나 밤나무골에서 꽃의 이야기를 그림으로 그리고 싶다는 것이었다.

자연이라 불리는 남자. 모르는 사람에게는 쉽게 자리를 허락하지 않지만, 그 이유를 가진 남자, 너무 많은 이야기를 꺼내면 언젠가 가슴이 찢어질지도 모른다고 믿는 남자, 남자라서 여자일 수 없는 남자에 대하여 써오던 글이 마무리되었다.

2023. 02. 26
원교

차례

제3부 죽을 둥 살 둥

제4부 금禁 콜라

제1부

히피티피
HIPITIPI

·
·
·
·
·
·
·
·
·
·
·

치악산 언저리 그곳엔

호랑이와 개, 그리고

사람이 모였다

명부

-히피티피 작가회-

자연

시인
요리사
칼과 펜을 든 히피
새털구름을 닮은 남자

루미

소설가
대학 강사
눈썹을 휘날리는 호랑이 마음을 닮은 사냥꾼
나무 위에 집을 짓고 싶은 남자
우리말 사랑가

승희

수필가
그림을 사랑하는 여자
가슴에 샴페인을 붓는 여자
쿠바에 가고 싶은 여자
'사랑밖엔 난 몰라'를 잘 부르는 여자

민재

시인
시의원 후보
홍시가 싫은 남자
화살을 품은 남자

티피 Tepee

원뿔형. 아메리카 원주민이 짓고 살던 이동형 천막,
나무와 동물의 가죽이 사람을 살렸다.

살구둑 티피에는 작은 무쇠 화로와 나무 탁자가 하나 있
고 대여섯 명은 충분히 둘러앉아 이야기를 나눌 수 있었다.
그곳엔 호랑이와 개, 그리고 사람이 모였다.

누군가 남겨놓은 낙서의 흔적이 티피의 탁자 위에 가득했다.

"사냥, 영역 확장은 셀프, 힘, 엑스오엑스오XOXO, 먹고
싶다! 먹잇감, 먹은 소감, 욕망, 먹기 위해 사는지 살기 위해
먹는지, 이 무슨……?!"

자연은 배가 고팠다.
그가 낙서를 읽다 말고 밖으로 나왔다. 고개를 돌려 텃밭
을 살폈다. 상추밭과 토마토밭 사이에 숨어 있는 부추를 발
견했다.

.

　자연의 시선이 먹잇감과 거리를 좁혀갔다. 주먹 쥔 양손을 내리고 손톱을 감추고. 고독한 사냥을 누리는 맹수처럼 꿀꺽, 침을 삼켰다.

　그러나 그의 매복은 금세 드러났다.

　눈썹을 휘날리며 나타난 또 다른 사냥꾼의 한 마디가 순풍이었다.

　"눈빛이 젖어 있는걸!"
　"하하하, 숨길 수가 없네."

　호랑이 마음을 닮은 사람, 처음부터 작가 모임인 '히피티피HIPITIPI'로 자연을 몰아넣었던 사람, 우리글 사랑가 루미가 나타났다.

　자연은 부추를 꺾으려다 말고 루미에게 먹는 얘기, 핥아 먹고, 빨아 먹고, 씹어 먹고……, 먹고 먹히는 얘기를 했다.

"알아서 먹으라는 뜻이지?"

"뭘?"

"먹잇감, 냄새를 풀풀 풍기는 저 부추 말이야. 일단 안주로 먼저 좀 줄래?"

루미는 부추 볶음과 맥주를 좋아했다. 그의 마음이 살구 둑 마을의 부추밭, 콩밭, 그리고 보리밭 사이를 가로질렀다.

"그나저나 작가님 글밭엔 요즘 뭘 심었나?"

"요리사가 무슨 작가라고? 그래봤자 요리사지."

"거 참! 자기는 예술가라니까 예술가! 요리도 창작 아닌가? 아무튼, 칼과 펜을 들고 돌아온 탕자여! 한 잔 해야지?"

"내가 탕자라고? 아니지 난 자유인 아니, 자연주의자니까 히피Hippie. 히피지, 돌아온 히피!"

"그렇지! 그래서 우리가 '히피티피 작가회' 아닌가? 아무튼 마시자고!"

"취하고 싶다는 말인가?"

"취하고 싶지만, 호랑이는 개를 먹으면 취하고 사람을 먹으면 신이 된다던데[*]……. 취하는 대신 신이 되는 방법을 찾아야겠다는 생각을 하지. 너무 취하면 머리가 아프잖아."

"연암 박지원의 방식이로군.[*] 호랑이는 외로운 동물이니까."

자연이 루미가 권하는 맥주를 마셨다.

개보다 못한 종자들은 개 패듯이 팼으면 좋겠다는 게 그의 명분이었다.

"그게 뭐 중요해. 아무튼, 아무리 외롭더라도 우리는 개를 먹지도, 개가 되지도 말자고!"

"개가 솔직하긴 하잖아? 술처럼……, 하하하!"

자연이 술잔에 개 이야기와 소주를 더했지만
그들의 밤은 짧았다.

"너는 많이 먹었는가? 아니면, 먹혔는가?"

"……?"

루미의 대답은 없었다.

자연은 먹고 마시는 얘기를 이어갔지만, 여전히 배가 고팠다.

새벽이 오고, 자연은 루미가 호랑이를 만나러 숲으로 사라지는 장면을 확인하였다.

---

* 《열하일기》에 실려 있다. 조선 정조 때 연암 박지원의 한문 단편소설.

자연

"오늘이 보름이야, 자연!"

"그런가?"

"한 잔 해야지?"

루미가 자연을 불렀을 때
자연의 목소리는 늙은 부엉이보다 낮고 느렸다.

티피의 탁자 위에는 크고 작은 세 개의 흙 그릇이 놓여있었다. 아이 머리만 한 그릇, 주먹만 한 그릇, 더하여 중국식 찻잔만 한 크기의 그릇.

자연이 그중 하나를 골라 들었다.

"그건 국그릇이잖아?"

"국그릇이 따로 있는가? 술을 부으면 술잔이지."

"그거야 그렇지."

"이걸로 한 잔?"

"어휴, 잔도 잔 나름이지, 아이들 머리만 한 크기잖아? 나는 그만큼씩 마시면 죽어!"

"그러면 네가 마시고 싶은 잔 네가 골라."

"내가?"

자연이 먼저 그중 제일 큰 그릇을 골랐고, 루미더러 나머지 둘 중의 하나를 고르라고 했다.

손을 내젓던 루미는 중간 크기의 그릇을 골랐다.

"밥그릇이로군."

"술잔이지, 주먹만 하네. 주먹에 쥔만큼만 마셔야겠어."

"그래, 안주도 마찬가지지. 아무튼, 자기 그릇은 자기를 닮은 거로……."

자연이 남겨진 작은 그릇에 소금을 안주라며 담았다.

그들은 한 잔, 한 잔, 몇 번을 채우고 또 비웠다. 다시 채운 루미의 잔에 자연의 모습이 비쳐 보였다. 코스모스처럼 가느다란 몸매, 바람이 조금만 불어도 금세 쓰러질 것으로 보였다.

자연과 루미의 눈이 서로 마주쳤다.

루미가 배를 만지며 많이 마셨다는 시늉을 했다.

"벌써? 술은 배가 아니라 머리에 채워져."

"머리?"

"말을 하는 거 보니 아직 괜찮아! 자, 한 잔 더!"

한 잔 더 권하는 자연의 새까만 눈동자가 무척 맑아 보였
다. 그의 얼굴이 이제 갓 젖니가 난 어린아이의 그것처럼 편
해 보였다.

채워서인지, 비워서인지 알 수 없었다.

깠다

아침부터 폭우가 오더니 빗소리에 소나무가 떨렸다.

"저 굽은 소나무가 불쌍해 보여. '솔아, 솔아, 푸르른 솔아' 노래 속 소나무처럼 소리를 품은 나무. 그러나 말문이 막히는 세상에서 말 한마디 시원하게 까대지 못하는 나무."

루미는 티피의 탁자에 턱을 고인 채 소나무를 바라보았다. 자신의 언어 또한, 폭풍우에 젖은 땅 어딘가에서 구부러진 채 자라고 있는 저 소나무의 처지는 아닐까 생각했다.

바로 그때 민재가 술잔으로 탁자를 탁! 치더니, 루미에게 물었다.

"소나무?"

"응! 솔아 솔아 푸르른 솔아~"

"솔은 무슨? 술은 언제 따라 줄 거야? 술병은 아까 까놓고."

"어, 미안, 미안! 여기."

"술병을 깔 때는 문학, 철학, 생명 뭐 이런 거 말하지 마! 머리 아파, 머리! 세상이 온통 까는 소리 아냐? 언어가 뭐 어쩌고저쩌고?"

"아, 미안! 하하하, 그래 다 까는 소리지. 하루하루도 견디기 어려운데, 생각은 무슨 생각, 하하하! 자 진하게, 한 잔!"

술병이 비었다.

민재가 루미에게 손가락 하나를 펴 보였다.

"한 병 더 깔까?"

"그럴까? 까는 건 내가 자신 있지! 눈이 까는, 코가 까는, 입이 까는, 귀가 까는, 살이 까는! 어때?"

"풉! 온몸으로 까대는 소리구먼, 죽이네."

"그럼 안 깐 거로 한 병 더!"

"이번엔 내가 깔게. 으하하!"

까는 소리는

– 까는 소리 속에서 자라지

- 인생 뭐 있어, 까는 거지
- 혼자서도 까고
- 둘이서도 까고
- 셋이서도 까고
- 넷 다섯도 까고 그런 거지
- 그렇다고, 까는 소리라고
- 다 같은 까는 소리겠어?
- 까고 또 까고, 깔 때마다
- 까는 소리를 내지만
- 까는 소리도 격이 있어!

맥락도 없이 까고 또, 까는 생각을 하던 루미가 졸음에 빠졌다.

민재가 그의 잠을 깨웠다.

"여기 포도주 한 병 더 있어. 결국은 다 사라져버릴 것들이지. 어차피 모두 기억할 수도 없는 걸, 뭐."

"그건 네 마음이 폭풍우에 까졌다는 소리로 들려서 슬퍼."

루미는 슬퍼하면서도 민재의 말이 바르다고 생각했다. 이미 까놓은 소리이며 생각을 다 기억할 수 없었으니까. 그러나 뜻은 또 어디로 간 것일까?

민재가 술병을 에스S 자로 흔들어 보였다.

"맞아! 살아있으면 까고 까고, 또 까지는 것이지!"
"아까는 까는 소리 말라면서?"
"그런가? 하하하. 그런데 말이야. 폭풍우 때문에 누가 살고, 누가 죽었는지는 기억해야겠지!"

민재와 루미가 또 깠다.
폭풍우 때문에.

이립而立[*]

자연은 옛 선생들을 깊이 아꼈다.

홀로 치악산 둘레길을
서다 걷다 서기를 좋아해
작은 둥지를 지을 만큼
새들에게 자리를 마련해주는 나무와 나무들
둥지에서 깨어나 자라는 새와 새들
스스로 자라는 나무와 새들을 좋아해
오래된 이야기
천 년의 선생들을 좋아해

"그들을 바라보는 일, 그들과 손잡는 일."

자연의 목소리에 취기가 돌고 그의 눈이 잠들려고 할 때
그의 귀에서 호령이 울렸다.

어디선가
"이제는 홀로 일어설 나이야!"

"선생님!"

자연은 홀로 일어서
옛 선생을 향하여 고개를 숙였다.

* 《논어》 위정편爲政篇

미미

'아름다운 맛'

음식의 아름다움을 이야기로 표현하거나
그림으로 그려내거나 혹은
글로 써낼 수 있을까?

'맛은 색이다.'

자연이 혼잣말하다가 눈을 감았다.
그의 혀끝에 '짠맛'이 떠올랐다. 바닷속 깊은 곳에 사는 해
초의 등줄기와 갈매기의 부리를 적시는 소금기가 떠올랐다.

'하얀 맛!'

하양, 그러나 세상에 어디 소금이 하양뿐이던가. 파랑, 빨
강, 노랑……

자연이 탁자 서랍을 열자 오래된 색연필 세트가 보였다.

칼을 찾았다. 당장 무엇을 그리거나 쓰려던 것은 아니었다.

자연이 연필을 깎았다. 연필 깎기는 헤엄치기와 같아서 한 번 익히고 나서는 거의 실수를 하지 않았다. 그런데 눈 깜박할 사이, 정말 잠깐 사이, 커터칼 날의 푸른빛이 그의 속눈썹을 스쳤다.

'파란 맛!'

어이없이 자연의 엄지손톱이 칼날에 잘려나갔다. 그가 빠르게 연필과 칼을 내려놓았다. 그의 이마에 땀이 흐르고, 몇 방울의 피가 바닥으로 떨어졌다.

'빨간 맛!'

자연이 그의 손가락을 입에 물고 빨았다. 따뜻했지만 순간, 쓰리고 눈물겨운 통증이 느껴졌다. 해초의 수관에서 갈매기의 혈관에 이르기까지. 다시 물고기의 정수리에서 그의 손끝에 이르기까지. 겹겹이 흐르던 피와 땀 아닌가. 주방에서 보낸 생존과 노동의 역사가 따끔거리며 그의 입속으로 채워졌다.

'이것이 아닌데…. 이게 짠맛이다.'

자연의 혼잣말은 '짠맛'이라 했으나, 그의 귀에는 '피'라고 들렸다.

자연이 응급처치를 끝냈다. 그는 손보다 그의 눈이 더 문제라고 생각했다. 안경을 고쳐 썼다. 그가 마지막으로 연필을 깎은 게 언제였을까? 그는 눈에서 연필을 멀리하는 동안에 칼날의 예리함을 잊고 있었던 탓이라 생각했다.

자연이 다시 눈을 감았다. 백로 한 마리가 해초를 물고 있다. 그는 백로에게 짠맛에 대하여 말하고 싶었으나, 백로는 어떤 의심도 없이 해초를 삼켜버렸다.

자연이 이러는 사이 누군가 죽고 누군가 태어났을 시간이
지났다.

자연은 봄꽃이 만발한 살구둑 마을 경로당 뒷길을 지나
그의 티피로 향했다.

그가 꽃잎 속으로 촉수를 깊게 **뻗고** 있는 노랑나비를 보
았다. 그의 입술과 혀가 꿈틀거렸다.

'노랑!'

나비는 소금이 아니라, 꿀을 찾고 있었겠지. 그렇다면 나
비의 피는 단맛일까? 손가락을 베인 자연의 생각에 붉은 긴
장감이 흘렀다.

발출發出

　민재가 고개를 옆으로 젖히고 턱을 손으로 받친 채, 티피의 벽에 종이를 붙이려는 자연에게 조금 더 가까이 다가갔다.

　"표…오! 이거 지난봄에 받은 표창장이잖아?"
　"이 자리에 무언가 긁힌 흔적이 보여서."
　"뭐라고? 긁힌 흔적? 나 참! 기가 막혀서. 이건 그냥 벽지용 종이가 아니고, 최고의 시민 봉사자로 인정한다는 증거인데, 설마! 이걸 벽지로 쓰려고?"

　"국장님도 참! 그게 말이 됩니까? 제가 한 게 뭐가 있다고? 하하하!"
　"부탁드립니다. 상장이라기보다는 저희가 자연님에게 드리는 감사장이라고 생각해 주십시오!"

　시청 측의 몇 번의 설득과 자연의 몇 번의 사양 끝에, 결국 '그게 그거!'라던 자연의 마음이 움직였다. 자연이 원주시로부터 봉사왕 표창장을 수여 받게 된 거였다.
　그 후 얼마 지나지도 않았는데 표창장을 이렇게 벽에 그것도, 거꾸로 붙여놓다니 민재는 이해할 수 없었다.

"거~참! 게다가 거꾸로 붙였네. 이걸 왜 이렇게?"
"보고 싶으면, 거꾸로 봐. 천천히 허리를 숙여서, 머리를 두 다리 사이에 묻고 보는 거야."

'거꾸로'라는 말. 민재는 자연이 운전을 배우기 시작할 때로 생각을 돌렸다.

"운전할까 해."
"응? 차를?"
"응, 거꾸로 가는."
"……거꾸로? 아무튼, 잘 생각했어! 잘할 거야. 아자!"

자연이 말한 거꾸로 간다는 말이 무슨 뜻인지 궁금했었지만, 그때는 그에게 응원부터 해주었다. 그리고 그 후로 민재는 그 말을 잊고 있었다.

"그런데 한 가지 궁금한 게 있어. 그 거꾸로라는 말?"

"그거는 세상이 보라는 대로만 본다면, 노예의 삶이 아닐까? 라는 뜻이야."

쓰레기를 아무나 치우냐는 민재의 칭찬은 답할 힘을 잃었고, 저 반짝이는 봉사왕 표창장은 단 하나의 쓰레기도 치우지 못한다는 자연의 말에는 힘이 넘쳤다.

* * *

자연의 차를 타고 야외로 가기로 했다.

"이제 달려볼까? 거기, 손님! 안전띠를 매 주세요!"

"네! 기사님! 그런데, 어디로 가시는 거죠?"

"거꾸로."

"네?"

민재가 아차! 하는 생각을 하였다. 자연이 반환점을 돌아

서, 떠났던 곳으로 다시 돌아오는 거. 거꾸로 보고 또, 간다
는 건 원래의 마음으로 돌아간다는 뜻이라고 언제인가 말하
지 않았던가.

　"자~ 그럼, 발출!"
　"넵, 발출!"

새털

"인류의 미래, 페이트쉬Fatesh가 희망입니다!"

자연의 차가 자동차 전용도로를 달렸다.

라디오는 한국의 연구팀이 최근 물총고기의 뇌에 인공지능AI을 삽입하는데 성공했다는 소식을 전했다. 특히, 이전과는 달리 물리학과 미래학에 관한 한, 수백, 수천 배에 이르는 자료를 가지고 있는 것은 물론이고, 지금까지 어떤 인공지능도 가져보지 못한 빠른 학습능력을 갖췄다고 했다. 또한 운명Fate과 물고기Fish의 합성어인 '페이트쉬'의 우리말 이름은 '물고기 도사'라는 설명을 이어갔다.

민재는 의심이 들었다.

"페이트쉬? 매력적이긴 한데! 그런데 '물고기 도사'라고? 운명을 알려준다. 이건 또 뭐야? 자연, '물고기 도사'라고 들어봤어?"

"누구? 어 씨 성을 가진 '어 도사님'이신가?"

"사람이 아니고 물고기래."

"물고기?"

"응, 물총고기가 선천적으로 사람의 얼굴을 구분하는 능력이 뛰어나다고 하네. 그런 물총고기의 뇌에 과학자들이 초소형 인공지능을 삽입했다고. 인공지능을 어떻게 생명체의 신경계와 연결하는지, 난 잘 모르겠지만, 분명 물고기가 사람처럼 도사의 역할을 한다는데. 관상도 관상이지만, 운명에 관한 한 무엇이든 물어보라잖아?"

"뭘 물어봐?"

"한번 만나고 싶지 않니?"

"뭘?"

민재는 관심 없다는 자연에게 원주 혁신도시 내 페이트쉬가 살고 있다는 CAIRCenter of Artificial Intelligence Research, 인공지능연구소로 가자고 했다.

사람들이 CAIR에 모여 있었다. 판사, 회계사, 투자전문가, 교수 등의 역할을 대신하는 장치Device로서의 인공지능은 이미 우리의 일상에 들어온 지 오래되었지만, 살아있는 물고기가 점을 친다는 사실도 그렇고, 게다가 한 치의 오차도 없는 정확성을 보여준다고 하니 궁금할 수밖에 없었다.

커다란 수족관에는 십 센티미터쯤 되는 물고기가 있었다. 사람들이 물고기 도사에게 얼굴을 보여주고 나면 눈 깜짝할 사이 물고기 도사는 세상의 모든 운명학 자료를 분석하고, 그 결과를 의뢰자에게 알려준다는 방식인데, 그 속도와 정확성에 많은 사람이 놀랍다는 표정을 지었다.

자연의 표정은 달랐다.

"물고기가 아니잖아."

"물총고기 맞잖아."

"헤엄을 쳐야 할 물고기가 점을 치는데?"

민재가 더는 대답하지 못했다.

앞에 선 민재를 자연이 뒤에서 따랐다. 민재는 한동안 땅만 보고 걸었다. 앞뒤의 구분이 사라질 때쯤 자연이 보이지 않았다.

　민재는 왠지 즐겁지 않았다. 아니, 이제 곧 마음이 무너질
것 같았다.

　민재가 하늘을 보았다.
　새털구름이 자연을 닮았다.

방울

자연과 민재는 오후 두 시가 조금 넘어 티피로 돌아왔다.

민재가 비눗방울을 불었다.

그는 양팔을 휘저으며 자연의 텃밭을 가로질러 뛰었다. 어디서 나타났는지 비눗방울을 쫓는 그의 뒤를 '블랙 랩 리트리버'종 개 한 마리가 꼬리를 힘차게 돌리며 따라 달렸다. 민재가 몸을 빙글 돌리며 소리쳤다.

"와~! 엄청 많아. 백 개도 넘겠는걸!"

민재가 크게 동그라미를 그려 보이며 말을 이었다.

"우리 아버지는 옛날에 나보다 크게 만들었어."
"그래? 너도 크게 만들 줄 알잖아!"

자연도 따라 비눗방울을 불었다. 비눗방울이 찰랑거려! 천천히, 하늘에서 동산으로, 동산에서 동네로 흐르는 걸 봐. 민재야, 너도! 자두 알 만한 방울, 어떤 건 주먹만 해, 잡아봐! 방울이 텃밭 자락 도라지밭에도 앉았어.

보랏빛 하얀 속눈썹 떨고 있는 물방울 봐! 보라는 듯 또다시 비눗방울을 불었다. 휘이~~휘 휘파람을 불 듯, 정해진 곡조가 없는 노래를 불렀다.

민재와 개가 텃밭의 외곽을 따라 뛰었다.

"예뻐 예뻐! 와~와! 저거 봐!"

비눗방울에 비친 세상. 신기하리만치 선명하고 분명하게 각각의 비눗방울 속에는 나무와 산과 길과 집들이 온전히 들어앉아 있었다. 크고 작은 그 비눗방울 속에는 꿈이 가득한 눈매로 웃고 있는 민재와 개, 그 곁에 미소 짓는 자연조차 들어있었다.

"저 안에 들어가 보고 싶지 않니?"

민재가 고개를 끄떡이며 자연의 눈을 바라보았다.
민재의 눈동자가 자연의 손가락을 쫓아 빠르게 비눗방울

로 옮겨갔다.

자연이 민재의 귀에 대고 속삭였다.

"저기, 집이 보이지? 각기 다른 모양으로 태어난 수백 개의 크고 작은 비눗방울 하나하나가 비추고 있는 무수한 인생 드라마. 동그랗게 빛나는 우주 말이야. 저건 땅콩이야! 땅콩 꽃이 오렌지 빛으로 보이지 않니?"

"간지러워! 히히!"

"그래 우리가 만나는 세상도 물방울 같아. 힘차게 날기 시작하지만 순간인 걸, 흐르는 거잖아. 그렇지만 지금, 이 순간 모두! 너의 것이야. 민재야, 이제 네가 비눗방울을 불 차례야!"

자연은 반짝이던 비눗방울이 하염없이 스러지는 것을 바라보았다. 그 곁에서 여전히 비눗방울을 불어대는 민재의 무심한 눈동자 속에도 어김없이 세상은 들어앉아 있었다. 착하게 흐르는 냇물이 되어.

그림

치악산이 구름 사이로 보였다.

농민연합단체가 주최한 쌀값 시위가 화제로 올랐다. 광화
문에서부터 간사한 입맛에 이르기까지. 만물의 혼을 교묘하
게 엮어놓은 사기꾼들의 계보, 그리고 말도 안 되는 우주적
기운에 이르기까지. 이야깃거리는 다양했다.

루미가 눈을 떠보니 그의 뺨을 적시던 분노와 함성, 노래
와 춤은 사라졌으나 시작이 불분명한 통증과 슬픔이 탄흔처
럼 남아 있다.

"그림을 봐."
"슬프네."
"마음이 기운 거야?"
"내 마음이?"
"응."
"그건 잘 모르겠고…… 아무튼 마음이 편안하지 않아."
"그거는 그럴 수밖에."

"그럴 수 밖이라니, 왜?"

"슬프다면서? 그거는 마음이 슬픔으로 기운 거잖아?"

"그거야……."

"그래, 마음은 언제나 어느 한쪽으로 기울게 마련이지, 슬픔이든 기쁨이든 말이야. 그러나 나는 지금 마음이 어느 한쪽으로 기운 게 잘못이라고 말하는 것은 아냐. 사람 마음은 늘 그러니까. 그렇지만 마음이 어느 한쪽으로 너무 심하게 기울었다면, 그거는 너의 마음이 마음의 중심에서 꽤 멀어져 있다는 거야."

"뭐지, 그 중심 말이야? 그러니까 어떻게 하라고?"

"그림을 봐. 그림 속에는 너의 뿌리, 뿌리의 또 다른 이름, 중심추가 있지. 말하자면 그것은 움직임과 고요함을 넘어서는 의식의 상태 – 움직이지만 움직이지 않는, 있으면서도 없는 마음의 중심 – 에 있는 거야. 그러니 그것을 함께 찾아보자."

"나는 네 말에서 내가 모르는 단어를 찾지 못했어. 그러나 나의 마음은 여전히 슬픔으로 기울어져 있어. 너무 어려워. 암튼 잘 모르겠지만 그게 무엇이든 솔직했으면 좋겠어."

"그래? 그렇다면 솔직한 마음을 찾아보자!"

루미는 솔직함보다 마음의 안정을 찾고 싶었다.

자연을 따라 루미가 다시 그림 속으로 걸었다.

나이

순전히 야생초며 산나물, 갖가지 나무 이름을 외러 몇 년 동안 이 산 저 산 훑고 다니던 자연의 친구가 있었다. 그 친구 말이 야생화나 산나물 이름 외우기는 쉬운데 나무 이름은 도통 외워지지를 않더란다. 곰곰이 생각해보니 풀들은 한해살이를 통해 그 전모를 볼 수 있지만, 나무는 그렇지 않더라고 했다.

봄이면 뾰족하게 새싹을 내밀고 나와서 여름, 가을이 되도록 살다가 찬 서리 내릴 즈음이면 모두들 자취를 감추게 되는 것이 야생초의 일생이다. 그것으로 정말이지 그만이다.

꽃을 피웠었든, 열매를 맺었었든 겨울이 오면 모든 것은 다 사라져버리고 그만인 것이다. 그러니 한두 해만 눈여겨보면 누구라도 낱낱이 이름을 욀 수 있다는 것이었다.

그러나 여러 해 성장하는 나무는 그렇지 않더라는 말이었다. 어린나무의 모습과 어른 나무의 모습이 퍽 다른 경우는 흔하다고 했다.

특히 가시가 많은 나무, 두릅나무나 개두릅나무로 알려진 엄나무 등은 어릴 때의 모습과 성장한 나무의 모습이 퍽 다르다고 했다. 어릴 때는 온통 가시로 덮여있다가도 어른 나무가 되면 저 높은 잔가지 끝에서나 가시를 볼 수 있을 뿐, 단단한 나무껍질에서는 이미 가시의 자취조차 찾을 수 없다고 했다.

그것은 아카시아도 마찬가지라 했다. 아름드리나무로 성장한 아카시아는 좀처럼 다른 나무와 구별이 되지 않더라고 했다. 나뭇잎이 무성한 한여름 같으면 각기 다른 나뭇잎으로나 알아본다지만 옷을 다 벗어버린 늦가을이나 겨울나무는 더더욱 구별하기 어렵다는 것이다.

"오래 묵은 나무들은 하나같이 향기가 있어. 제각각의 모습 따라 각기 다른 제 향기를 지닌 거야. 그래서 나는 나무처럼 나이를 먹었으면 좋겠어."

몇 년을 집중하며 산속을 헤매었어도 종종 이름 모를 나

무를 만나곤 했다는 친구의 말에서 자연은 왠지 사람의 개인
차도 나무의 일생과 같다는 생각을 했다. 각기 다른 나무의
향처럼 삶을 어떻게 경영했느냐에 따라서 인생의 향기도 달
라지리란 경구로 들렸다.

제2부

향채화

香菜花

· · · · · · · · · ·

서로의 가슴에 샴페인을 들이부었다

술잔이 가슴을 채울수록

그들의 영혼이 맑아졌다

향채

미세먼지 보통, 남서풍. 아침 일찍부터 괴상한 마음이 루미의 발목을 잡고 있었다. 점점 커지던 생각이 그 꼬리를 물었지만, 육신의 허기가 앞섰다. 이럴 때는 뱃가죽이 아픈가, 등가죽이 아픈가?

고픔은 만사를 끝낼 수 있는 것이다.

승희가 메뉴를 상상해보라며, 루미에게 사진 한 장을 문자로 보냈다.

"뭐지? 이 꽃은?"
"어머, 웬 딴소리? 기억 안 나. 네가 썼던 편지 속 꽃?"

루미가 승희를 처음으로 만났던 날 밤, 꿈에서 그녀를 다시 보았다. 꿈속의 그녀는 햇살이 가득한 창가에 앉아 있었다.

"지금껏 누구도 저의 마음을 꿰뚫어 보는 사람은 없었어요."

이 말은 승희가 아니면, 루미가 한 말이어도 상관없다. 그가 그녀를 포옹했다. 입맞춤은 순간이었다.

승희가 앉아 있던 자리에 그녀는 사라지고 향채화 한 묶음이 남아 있었다.

"잠깐만!"

루미는 승희를 부르다 잠에서 깼고, 향채화 얘기를 편지에 썼다. 통에 넣는 편지가 아니라, 직접 그녀의 손에 쥐여주려는 편지였다.

승희가 다시 물었다.

"왜, 말이 없어? 어머, 어머, 정말 기억 안 나나 봐?"
"으~응?"
"꽃."

루미는 잊을 수 없는 꽃이었다.

그녀의 몸 대신 한 묶음의 향채화

그리고 좋은 날에 좋은 생각을 하며 좋은 기분으로 썼던 편지의 문장

그 단어들은 빛으로 번득였다.

"아, 미안 미안 잠깐 다른 생각을. 아, 맞다! 그 향이 나는 풀."

"맞아! 향채야."

"그렇다면, 쌀국수?"

"또, 딴소리. 먹으러 올 거지?"

"유혹인가?"

"유혹이지, 호호호."

루미가 전화를 끊고, 펜을 들었다.

창문을 두드리는 바람 소리가 들렸다. 그가 눈을 감았다. 참으로 오랜만에 편지를 적었던 그 날이 모두 기억났다. 꿈 속 마음 향기를 쓴 편지. 승희에게 건네주던 날. 그녀의 입

술에 남아 있던 향채화 향기까지도 기억이 났다.

　그의 머릿속 기억들이 비눗방울로 둥둥 떠다녔다. 그는
심호흡하며 풍향계를 바라보았다.

착시

　루미가 서울에서 소설가 모임을 마치고 원주로 향하는 열차에 몸을 실었다. 플랫폼에 가득했던 햇살이 따라 들어와 얌전하게 그의 무릎에 앉았다. 언젠가 들어본 리듬, 속삭이듯 그가 흥얼거렸다.

　"꽃인 듯 꽃 아닌 꽃 같은 너~"

　차창 밖으로 흙을 고르는 농부가 보였다. 액자 속의 그림처럼 농부와 봄꽃의 수다가 걸린 듯 얹힌 듯 들판에 섞여 있었다.

　루미는 자신이 화가였으면 노래를 잘하는 화가였으면 좋겠다고 생각했다.

　루미가 손가락을 차창에 대고 차도와 농로를 구분했다. 잡초야 이름이 없으니 언제 끝날지 모를 운명을 탓하겠지만, 아직은 키 작은 냉이며 달래는 화가에게라면 언제든 길을 내어주리라 생각했다. 그가 심각한 듯, 몰입하는 듯했다.

화가의 차창에 여자가 스치듯 겹쳐 보였다. 몸을 틀며 흘 깃 옆 좌석을 살폈다. 처음 본 아가씨, 누구냐고, 이름이 뭐 냐고, 알듯 모를 듯한 향기는 어디서 온 것이냐고, 묻고 싶 은 충동이 일었다.

그가 끊어진 기억처럼 산과 도시를 번갈아 다니며 이어지 는 역과 역 사이를 지날 때마다 줄곧 쥐고 있던 시집을 펼쳐 보았으나 한 줄도 읽어 내리지 못하고 좌석 번호만 되뇌었 다. 향기에 대하여는 아무것도 묻지 못했다.

열차가 살구둑에 가까워졌다. 평행선의 중간 어디쯤. 두 근거림을 하나씩 떨어뜨리며 달려온 시간의 끝에서 승희가 보낸 문자가 루미에게 도착했다.

"착시?"

승희의 목소리가 파도에 밀려오듯 했다. 루미는 궁금했다.

"'착시'라니?"

루미의 호기심이 들통 난 걸까. 여자의 육감인가. 어디에
선가 줄곧 승희가 그를 지켜보고 있었던 걸까. 하는 생각이
그에게 들었다.

"도착 시각."
"아, 하하하! 도착 시각을 줄여서 착시, 하하하!"
"그래, 줄임말로. 호호호."

루미는 표정 관리가 필요했다. 화가의 호기심은 거짓이
아니었으나, 충동은 아름다운 착시였다고 변명을 할 참이었
다. 웃어야 할지, 울어야 할지 모르겠지만 길게 말할 필요는
없어졌다.

루미가 옆자리의 향수가 몰고 왔던 호기심을 지우려 고개
를 차창으로 돌렸다. 이내 터널을 만나고, 열차의 속도가 전
보다 빠르게 느껴졌다. 귀가 먹먹해지고 시간도 방향도 함
께 지워져 갔다.

끊임없이 생겨나고 사라지면서 언제나 이어지는 삶은 영원한 반복인지도 모르겠다. 빛과 그림자가 결별할 수 없는 운명의 동반자이듯, 똑같은 말일지라도 누군가에는 생명으로 읽히고, 누군가에게는 권태로 읽히지 않는가?

루미는 '호호호'가 세상에서 가장 육감적인 웃음소리라 생각했다. 간이역사 앞에서 봄꽃처럼 웃고 있을 승희의 얼굴을 떠올렸다.

언덕이 보이는 차창 밖에서 나무들이 꽃을 피웠다.

무늬

　루미가 승희와 함께 살구둑 호수공원의 산책로를 걸었다. 조그만 돌멩이를 주워 호수에 던졌다. 퐁당! 소리가 들리더니 수면 위로 잔잔한 물결이 퍼져갔다.

　"봤니?"
　"뭐?"
　"호수에 퍼지는 저 물결 말이야. 언젠가 자연이 내게 말했어. 동그라미의 의미는 만남이라고. 만남은 시작도 끝도 없이 하나로 연결된 저 동그라미 같다고. 동그라미도 그냥 동그라미가 아니라 ― 수천억 킬로미터 떨어진 우주의 구석구석까지 이어주고 안아주는 ― 참으로 길고 참으로 큰 동그라미라고."

　루미가 아무런 말도 없이 호수를 바라보던 승희의 손을 양손으로 감싸 쥐었다. 그는 입술과 혀의 경계를 넘는 혈맥의 언어, 광속처럼 빠르게 뛰는 맥박을, 고백을 보여주고 싶었다.

　"…저 물결처럼, 사랑은 그런 것이라고…."

"호호호. 그랬어? 자연은 귀만 큰 게 아니라, 눈도 큰가
봐? 아무튼, 정말 예뻐 퐁당퐁당 호호호."

이름을 알 수 없는 새 한 마리가 호수에 내려앉았다.
루미는 승희의 눈동자 위에 동그랗게 번져가는 물결을 보
았다.
빨강과 파랑, 셀 수도 없이 많은 끈이 몸을 틀며 하나로
합쳐지더니, 천천히 그녀의 눈동자 속으로 빨려들었다.

낮잠

루미가 다시 사랑을 꿈꾸게 해 준 승희에게 '더욱 따뜻이 안아주겠다'라고 말했다. 그와 그녀 사이에 언제나 맑은 바람이 불고, 꽃향기가 가득하기를 바라는 마음이었다.

"꽃이 빨갛게 물든 꽃이. 머리칼이. 당신의 눈동자 속에서 반짝이는 홍매화가. 성화처럼 타오르는 나의 머리칼이⋯. 물결처럼 풀잎처럼 보여. 흔들려."

"물속에서처럼?"

"응, 쓰러질 것 같아."

"어머! 그렇다면, 붙들어야지! 내가 도와줄까?"

"사실은, 봄꽃 피는 샘터를 생각했어. 너와 나만 아는 그곳 말이야."

승희가 고개를 끄덕였다. 루미의 마음이 물길을 찾아 흘렀다. 미소 지으며, 그녀의 허리를 감싸 쥐었다. 미묘한 시차를 두고, 알림음 소리가 그녀의 귀를 흔들었다. 그녀가 빠르게 눈을 떴다. 놀라듯 깨기 전까지, 한 시간은 낮잠을 잔 모양이었다.

승희가 잠에서 깨어 포옹의 기억과 함께 오후를 열었다.

아직은 어린 봄. 하지만 계절은 흘렀다.

승희가 국형사 계곡으로 향했다. 그녀의 목덜미에서 등줄기까지 땀이 흘렀다.
그녀는 목이 말랐다.

샹빵

-삶이 파인다-

크리스털 글라스에 술맛 나는 물방울이 층을 이뤄 쌓여있다. 그 물방울 터지는 소리는 샴페인 샴페인이다. 마치 삶이 파인다고 호기심을 유발하는 샴페인.

승희가 두 번째 잔을 마시며 묻고 또 물었다.

"시베리아 횡단 열차를 타고 쿠바의 해변으로 향할 수 있을까?

석양 어디쯤, 보라색 티셔츠 벗어 던지고 낭만 바텐더가 될 수 있을까?

헤밍웨이의 〈노인과 바다〉 그 부두에서 비밀의 유혹을 섞어낸 칵테일 한 잔 서로 권할 수 있을까?

잘 추고 못 추고는 하나도 중요하지 않은 살사의 몸짓에 손 내밀 수 있을까?

우리가 여전히 사랑하고 있다면, 새벽녘에 체 게바라를 불러낸 혁명의 골목길에서 아침을 노래할 수 있을까?

우리는 누가 보지 않아도 아주 인간적인 미소를 입술에 머금을 수 있을까?"

"아직도 가슴이 뛰니?"

"들어봐."

승희가 서로의 가슴에 샴페인을 들이부었다. 술잔이 가슴을 채울수록 그들의 영혼이 맑아졌다.

"끝나지 않았으면 좋겠지?"

"영혼이 너무 맑아지면⋯⋯."

승희가 뒷말을 삼키고 고개를 끄덕였다.

그리고 그녀는 샴페인 잔을 한 번 더 채웠다.

"아, 샴페인 샴페인! 삶이 파인다. 삶이 파인다!"

솟아오르는 뜻밖의 자유. 바라보고 미소 짓고 서로에게 파고들고 속살을 내어주는 모든 몸놀림이 맑은 한 방울 영혼에서 비롯된 것임을 신뢰할 수 있다면, 그들은 언제고 눈웃음으로 살아갈 수 있으리라.

"브라보!"

샴페인 마지막 한 방울이 승희의 입술을 적시고 가슴을
적시고 영혼을 밝혔다.

통정

가려움증.

루미가 몸을 뒤척였다. '산'을 '죽지 않는 생명'으로 이해한 때부터였을 것이다.

"그림을 그려줄래?"

"물감을 가져올게."

루미는 그림의 색을 미리 정하지 않았다. 그림이 어떻게 그려질지도 알 수 없었다.

승희와 루미는 벽난로 가까이에 자리를 잡았다. 불꽃을 바라보았다.

"물감은? 나무가 물감이야?"

"응. 빛이 없으면 색도 없으니까."

"어머, 저 불꽃 좀 봐! 불꽃 속에는 얼마나 많은 색이 있는 거야?"

암어처럼, 셀 수도 없이 많은 색의 조합이 나무에 스며들어 조금씩 섞이고 풀어진다고 루미가 말했다.

빛과 빛 사이에 켜켜이 쌓여있는 색, 다 말하지 못한 색, 느리고 은밀한 색들이 나무의 혈맥에 쌓여갔다.

시간이 지날수록 불꽃의 움직임이 자유로워 보였다. 그들은 더 이상 밤을 새우는 일이 두렵지 않았다.

한 번도 같지 않은 색, 불꽃이 그러나 승희의 살갗을 붉게 채색하였다.

제 몸을 다 태울 때까지 모든 것을 내어주는 나무의 혼이 그녀의 가슴으로 번져갔다.

"물이 필요해."
"와인?"
"물을 마시고 싶어!"

승희의 눈빛에 불꽃이 묻어있었다. 그 불꽃이 깊은 우물처럼 안으로 안으로 루미를 끌어당겼다.

땀으로 젖은 불꽃의 머리칼이 나무의 목덜미를 감싸고 놓아주지를 않았다.

꿀꺽, 불꽃이 먼저 나무를 삼켰다. 팔뚝 같은 나무가 솜털처럼, 붓끝처럼 떨렸다. 경험에 없던 떨림! 곧게 뻗은 나무의 혈관이 꺼질 듯, 그을 듯 흡수하는 꽃잎을 느끼는 듯 경련의 몸짓으로 곱스런 습기를 토해냈다.

승희의 낮은 숨소리가 루미의 귓가에 모이고 흩어졌다.

"움직이네!"
"죽지 않았으니까."
"뜨겁다."
"살아 있으니까."
"응."

승희와 루미는 산으로 갔다. 필요한 만큼 물감을 챙겨야

했다. 언제 시작되었는지 기억할 수 없지만, 그곳에서 물감
을 가져오기 시작한 지는 꽤 오래되었다.

산새 소리가 들렸다.
승희가 말했다.

"잠을 자야지. 이제는."

시아

승희가 아카시아 향기가 가득한 숲속을 걸었다.

"저기, 아카시아 하얀 꽃잎 속에 숨겨진 노랑을 봐! 정말 달콤해! 알고 있니? 노랑은 유혹이야. 프랑스 화가, 로트렉*의 '물랭루주'가 그랬지. 소년 소녀들의 놀이도 그랬어. 먹고 싶지 않아?"

"소년 소녀들의 놀이?"

"응, 설탕이 귀하던 시절엔 아이들이 저 꽃잎을 먹었지."

"맞아, 그땐 정말 달았어. 네 목소리가 마치 꽃잎처럼 반짝이는걸."

"어머, 그랬어? 호호호!"

승희의 볼살이 붉어졌다.

루미가 그녀를 포옹했다.

문득, 베토벤의 천재성이 환각적으로 연주되었다. 쾅 쾅 쾅 콰아앙! 그들의 심장이 떨렸다.

루미는 그제야 알았다, 시는 쓰는 것이 아니라 더불어 느끼는 것임을. 느낀다는 것은 승희를 보면서 눈빛만으로도 이야기할 수 있어야 함을. 그리고 그가 꾸민 이야기가 그녀와 걸맞아야 함을.

그녀가 물었다.

"사랑은 공감의 예술이라고 말하지 않았던가?"

루미는 그날 운명처럼 어른이 되었다. 처음으로 그 자신에게 성숙했다고 표현하고 싶은 날이기도 했다.

* 로트렉Henri Marie Raymond de Toulouse-Lautrec-Monfa, 1864-1901

제3부

죽을 둥 살 둥

검정이 검정의 꼬리를 물고

다시 세상을 흑과 백으로 가르는데

꼬리에 꼬리를 물고 쓰러지는

흑백의 파란波瀾이 일었다

루미

루미와 자연이 처음 만난 건, 사제리의 자동차 운전면허 시험장에서였다. 그들의 운행시험 수험번호가 바로 앞뒤 자리였다.

"저 입구 앞에 흐르는 문막강인가, 호저강인가 아무튼, 알죠? 여기 들어오기 전 코스모스 가득 핀 그 강가의 둑을 걷고 있었죠. 그때 물에 발을 담그고 강물 속을 바라보던 루미를 보았어요. 아! 눈을 뗄 수가 없었죠! 마치 제 눈알이 날아가 밤하늘의 별에 꽂히는 것 같은 느낌이었어요. 하얀, 아! 멋져요 루미! 한동안 바라보다가, 조금 더 가까이 다가가 보고 싶었는데……."

"루미요?"

"네, 저의 여신이죠."

"오~ 여신. 그래서 그 여신을 어떻게 했어요?"

"하긴 뭘 어떻게 해요!"

"부끄러워하거나 상냥하냐고요?"

루미는 자신의 말을 중간에서 자르는 자연의 얼굴이 짓궂은 할배 같다고 느꼈다. 물에 젖어 덕지덕지하게 보이는 그의 턱수염 때문이었는지도 모르겠다….

"한마디도 못 했어요. 빠르게 사라졌으니까."

"그냥 그렇게요?"

"예, 그렇게……. 그때는 근처 숲, 나무 위로 날아갔죠. 루미가 멀리. 하얀 점으로 보이기는 했지만 더 말을 할 수도 소리를 들을 수도 없었어요."

"아~ 나무 위로. 어 잠깐, 그런데 날다니요?"

"네, 루미는 날개가 있어요. 부리도 길고, 크고 하얀 날개를 가졌는걸요."

"뭐요, 여자가 아니고요?"

"여자가 아니고 새 말이에요. 사실, 이름은 몰라요. 그냥 두루미니까, 루미라고 부르죠. 그렇지만 루미도 아이일 거예요. 아이 같았거든요. 그런데 루미의 둥지 말이에요."

"둥지?"

"네, 저도 살아있는 나무 위에 집을 짓는 것이 꿈이거든요."

자연이 말을 더하려다 멈추고, 눈을 감았다. 잠시 입술을 움직여 웃는 표정을 지었다. 그의 고향은 뜨거운 온천물이 사시사철 흐르는 충청북도 수안보 근처의 어느 숲속이었다.

그는 물안개가 가득한 숲속 어디 뜨거운 물이 펄펄 솟는 고향을 생각하고 있었던 것일까?

그러나 웃고 있는 그의 모습에서도 짓궂은 표정은 감출 수 없었다.

그가 말문을 열었다.

"나는 달라요, 나무 위의 둥지만으로는 부족해요, 아무리 나무 꼭대기라도 물이 있어야지요! 따뜻한 물."

"루미의 방에도 물이 흐르지 않을까요?"

"그건 글쎄. 저의 꿈은 말이죠. 커다란 나무 꼭대기 위에 온천이 흐르는 욕실을 짓는 거예요. 아침 일찍 일어나면 그 나무에서 과일을 따 먹고, 욕실로 가는 거죠."

"하늘이 보이는 온천?"

"그래요. 하얀 수증기가 피어오르는. 아! 최고의 선은 물과 같다고 하지 않았나요? 저는 쉴 곳이 필요해요. 아, 뜨거운 물!"

"아무튼, 어제도 루미를 만났어요."

"누구? 아, 참 루미. 당신의 여신. 여신의 방에는 물이 흐른다였던가? 안 흐른다였던가? 우리 마지막 대화가?"

"저도 그게 묻고 싶었는데, 루미가 물고기를 꿀꺽 삼키고는 금세 날아가 버리더군요."

"쳇! 또 아무 일도 없었던 거네요? 또 그렇게?"

"네, 그렇게."

"됐어요, 농담 그만하셔요! 새하고 무슨 말을 해요? 저도 이제 그만할게요. 난 오늘 면허 따자마자, 차 몰고 뜨거운 물에 몸이나 한 번 더 담그러 가려고요. 그대는?"

자연은 운전면허시험장에서 만난 그를 그때부터 '루미'라고 기억했다.

* * *

자연이 먼저 운행시험을 위해 비운 자리에 신기하게도 두

루미 한 마리가 날아들었다.

"오! 루미! 루미! 방, 당신의 방은요? 그곳에도 물이 흐르나요? 냇물⋯⋯."

두루미가 가늘고 긴 부리를 세우고, 구름을 바라보았다. 루미도 따라 했다. 순간, 구름 위를 걷고 있는 자연이 보였다.

자연이 기억하라는 듯 말했다.

"우리의 꿈은 하나에요. 물이 흐르는 건강한 나무와 면허증 획득!"

꿈이었다. 루미가 깜빡 졸았는데 꿈에 자연을 본 거였다.

루미가 차를 강으로 몰았다. 그는 다시 꿈꾸고 싶었다.

비책

로마가 탁자 한쪽에 쌓여있는 책더미를 뒤지며 씩씩거렸다.

"에이! 그 텔레비전이 문제예요, 텔레비전이! 형은 누나랑 안 싸우죠? 하긴, 뭐 누나도 형도 다 조용하신 분들이시니까, 둘 다 조용하잖아. 아 근데, 미애 얘는요, 누나랑 달라도 너무 달라요. 형, 그래도 난 좀 차분한 편이잖아. 아무튼, 텔레비전이 문제예요."

루미는 대답 대신, 그의 오른 주먹을 쥐어 보이며 화이팅! 이라고 로마를 응원했다.

"컥! 지금 응원하실 일이 아니에요, 나 참! 심각하다니까요, 아휴~! 어떻게 해요? 텔레비전 없애고, 형처럼 책이나 읽었으면 좋겠는데. 비책은 없나요?"
"없애!"
"에이, 그건 아니죠!"
"그럼, 더 싸워."

로마가 이건 뭐야? 라는 듯, 화난 듯, 실망한 듯한 복잡한 표정을 짓고, 입을 삐죽거리며 루미를 쳐다봤다.

　"아, 정말! 그게 지금 저한테 하실 말씀이세요?"
　"응!"
　"나 참, 작가님! 작가님은 도대체 어떻게 되신 거예요? 작가님이 지금 제 논점을 못 찾으시잖아요?"
　"작가? 싸워서 됐지."
　"아~휴, 이미 죽겠는걸요. 아주 완벽히 미치겠다고요!"
　"텔레비전은 없앨 거야?"
　"아, 텔레비전! 맞아요. 그거 텔레비전!"

　로마가 목소리를 낮추었다.

　"그거 참! 없앨 수도 없고……."
　"그럼 더 싸워."

　루미는 로마가 물었던 '안 싸우냐?'는 질문에는 '싸운다.'

라고 대답했고, 어떻게 해야 책을 읽을 수 있냐는 의견에는 텔레비전을 '없애라'라고 했고, 그럴 수 없으면, '더 싸우라'라고 대답했고, 로마의 질문에 대한 그의 대답이 정당하냐는 질문에는 '그렇다'라고 대답했다. 그리고 '작가가 어떻게 되었냐?'는 질문에는 '싸워서 됐다'라고 대답했다.

문제는 로마가 말했던 '논점'인데, 다시 생각을 해봐도, 루미는 스스로의 논점에 문제가 없다고 했다.

결국, 루미는 텔레비전으로 이야기를 돌릴 수밖에 없었다. 로마의 말대로라면, 문제의 시작은 텔레비전이었으니까.

로마랑 미애랑 사랑하는 데 있어서 텔레비전이 문제라면, 그것은 그들에게 '사랑의 적' 아닌가? 그렇다면, 없애야 하는 거 아닌가. 그리고 텔레비전이 없어야 그가 원했던 책을 읽을 거 아닌가. 그러니 텔레비전이 없어질 때까지 더 싸워야지. '텔레비전을 없앨 수도 없다'는 말은 모순이 수두룩한 거 아니겠어? 결론적으로, 싸움은 상대가 있는 것이니까. 싸우지 않으려면, 혼자 있는 시간을 더 가져야 하는 거 아니겠어? 그것이 사랑을 '외면'하는 것이 아니라, 더욱 깊게 만드는 비책 아니겠어? 그 비책은 책 속에 있다. 루미가 로마에게 이렇게까지 설명했으면서도, 그의 머릿속에는 또 '우리는 늘 모순 속에 살지' 라는 생각도 들었다.

* * *

기다리던 비가 내렸다.

"지금 창밖엔 비가 내리죠. 그대와 난 또 이렇게 둘이고요. 지금 창밖엔 비가 내리죠~."

티피를 빠져나온 루미가 노래를 부르며 시립 도서관으로 향했다. 신간 도서를 살펴보고 몇 권 대여할 예정이었다.

로마는 집으로 돌아가는 길에 편의점에 들러서 맥주 세 병을 샀다.

살똥

루미는 어제 첫 번째 원고청탁을 받았다.

가을 호에 실릴 것이라고 승희에게 알리자마자, 그녀가 축하주를 사겠다며 건영아파트 상가 내에 있는 통 아저씨 포장마차에서 오늘 저녁에 만나자고 했었다.

"천 년의 글을 위하여!"

"천년?"

"웅! 너의 소설이 앞으로 천년만년, 영원히 출판됐으면 해서. 그런 소설을 쓰라고. 아무튼 원고료로 일억 원을 모으면 바로 우리 히피티피 동인들 넷이 세계 일주를 떠난다는 약속은 꼭 지켜야 해. 호호호."

"천 년의 글? 그거 좋네. 천년, 오케이! 세계 일주 크루즈를 위하여 천 년의 글을 위하여!"

"그런데 이번 원고료는 얼마나?"

"돈 그거 뭐……."

"그래도 소설인데, 꽤 받지 않나?"

"……."

루미는 그보다 그를 더 잘 안다고 믿는 여인, 승희의 장난기 어린 질문이라는 것을 잘 알고 있었다. 사실 그도 이전에 소설 한 편을 발표하면 원고료를 얼마나 주는지, 원고료가 있기나 한 것인지, 이런저런 것들을 궁금해한 적이 있었다. 그가 앞으로 또 원고청탁을 받을 수 있을지도 의문이었지만, 지방대 강사인 그로서는 가끔 포장마차에서 매운 닭발에 소주 한 잔 사는 것조차 부담스러울 때가 있었기 때문이었다.

"아직 몰라. 원고 청탁서를 메일로 보낸다고 했는데…. 원고료는 묻지 못했어. 자! 일단 마시자고! 바람 부는 곳을 향하여! 우리의 입체적 여행을 위하여!"

"위하여! 그런데 입체적? 구체적이라는 말로도 들리고?"

"항구를 떠나는 유람선이 눈에 보이는 듯하다는 뜻이야. 아무튼, 돈을 언제까지 모을 수 있을지 아직은 모호하네."

"돈이야 뭐. 그래도 사람들이 작가님, 작가님 그러잖아. 나는 그것만으로도 부럽고 대단하다고 생각해. 호호호."

루미는 '예술가는 삶을 입체적으로 바라보아야 한다' 라고 생각했었다.

그는 그가 말한 입체적이라는 말은 삶의 내밀한 속살을 온몸으로 경험하고, 생명의 진정성을 확보한다는 뜻이었다고 승희에게 말해주었다. 예컨대 곱게 익은 열매뿐만 아니라, 열매가 맺히기까지 나무가 겪어 온 삶 전체를 예술가 자신의 눈과 귀, 가슴으로 마주해야 한다는 것이다.

그는 그런 이유로 진정한 예술가는 이익이 아니라, 언제나 바람 부는 곳을 향하여 노를 저으며 영혼을 태워야 한다고 말했다.

"맞지? 옴니버스?"

"형식을 말하는 것이 아니고, 정신을 말하는 것이야."

"아! 정신……. 네가 말했던 그런 거? 바람 부는 곳을 향해 노를 젓는다는, 영혼을 태운다는 거? 네 말을 들으니, 글쓰기는 그런 거 아닐까? 하는 생각이 들어. 사람이 매일 물 한 잔은 마시잖아. 그냥 쓰는 거지. 하루하루 조금씩 조금씩 우물을 파듯이. 물 없이 살 수 없잖아."

"그렇지. 물과 글이라……. 아무튼 우물가에 꽃피면, 알려 줄게. 그때 또 한잔해."

루미가 승희에게 약속했다. 글쓰기를 멈추지 않겠다고.

＊＊＊

루미는 새벽에 잠에서 깼다. 속이 편하지 않았다. 전날 마신 술이 주량을 넘어선 것이 이유였다. 그는 국형사 화장실에 앉아서 심각한 표정을 지으며 승희에게 전화했다.

"어디야?"
"화장실."
"이 아침에 웬?"
"나는 아무 때나 싸!"
"뭐라고?"
"내가 건강이 최고라고, 일찍 자고 일찍 일어나서 아침에 똥 싸라고 글이야 썼지! 그런데 말이지. 글은 글이고, 솔직히 나는 지랄 맞게 체하고 시도 때도 없이 죽을 똥을 싼다니까. 그게 바로 이 불쌍한 소설가의 변이야. 죽을 똥 살 똥. 하하하!"

"시도 때도 없이 싼다고? 심각하네."

"죽음과 삶 앞에서 어떻게 심각하지 않을 수 있겠어? 그래도 싸야 시원하니까. 아! 오타네. '죽을 똥 살 똥'이 아니고, 죽을 둥 살 둥."

"네가 자주 심각한 표정을 짓고 있는 이유를 알 듯하네."

"맞아. 습관인거지 뭐."

색각

자연이 손과 얼굴을 깨끗이 씻었다. 티피의 창문을 통해 들어온 이른 아침의 봄볕이 그의 얼굴을 조명처럼 비췄다. 순간, 루미가 그의 눈동자에서 하얗게 반짝이는 빛을 보았다.

"와! 눈알까지 씻었나? 반짝이네, 하하하! 그나저나, 세수할 때 눈을 뜨고 해? 감고 해?"

"뜨고 하지."

"뜨고? 에이~ 감고 하는 거 아닌가?"

"난 뜨고 해. 가끔은 빼놓기도 하지, 깨끗이 씻어야 하니까."

"나 참! 안경 말고! 농담은 그만하고 아무튼 눈알이나 잘 챙겨."

"하하하! 그래, 너도 잘 챙겨."

티피의 한쪽에 서 있는, 어른 키보다 두 배가량 큰 캔버스에 사람의 눈이 그려져 있었다. 루미는 더욱 가까이에서 그림을 보고 싶었다. 그림을 향해 한 걸음 다가섰다.

"오른쪽 눈이네."

"응, 선물 받은 그림인데 어때?"

그림의 작품명은 '이념의 눈', 흑백의 정밀 삽화인데 속눈썹 하나하나가 현미경을 통해 바라보는 듯 섬세하게 그려져 있었다.

눈동자의 중심에는 남자 성기의 윤곽이 진하게 그려져 있었다. 보라색 인주를 묻혀 도장을 찍어낸 것처럼, 그림 속 눈동자의 중심에 강하고 선명하게 새겨져 있었다.

"마치, 총구에서 뿜어내는 총알 같기도 하네. 어떤 이념의 표현일까?"

"이놈? 어느 놈?"

"'놈'이 아니고, '념'이라니까, 작품명이 '이념의 눈'이잖아."

"놈이나, 념이나. 흠~ 글쎄, 남자의 성기잖아? 아닌가?"

"맞아! 색이 강렬하지."

"어떤 색?"

"응?"

자연은 '빛이 색이다. 그리하여, 색은 그 뜻이 크고 많다'
라고 말했다.

그가 바라보는 색이 루미의 그것과 다르다는 뜻인가? 루
미는 궁금했지만 묻지 않았다.

루미는 잠시 눈을 감았다. 그가 그림 속으로 한 걸음 더
다가섰다. 눈을 감아도 그의 눈에는 온통 보랏빛만 보였다.

해가 저무는 거리
길은 이제는 흙색이 아니고
하늘도 이제는 하늘색이 아니었다.

루미가 길가에 피어있는 보랏빛 민들레를 보았다.

전쟁

−커피라면−

밤이 되자, 멀리서 개떼들이 짖는 것을 제외하면 건영아파트 루미의 방은 조용했다.

루미는 다시 그에게로 돌아가 대나무 아기 순을 생각하듯 엄숙히 수행하고 싶었다.

몇 시간 동안 아무도 그를 찾는 사람이 없었다. 얼마나 앉아 있었을까. 배가 고팠다.

루미가 부엌 쪽으로 향했다. 국자처럼 손잡이가 길게 달린 양은 냄비가 보였다. 그가 라면을 끓이기 시작했다.

"그런데, 왜 양은 냄비의 손잡이는 검정색이죠? 연두나 나무색이 더 예쁘지 않나요?"

루미의 머리에 왜색이 짙은 검정 교복이 생각났다. 검정이 검정의 꼬리를 물고, 다시 세상을 흑과 백으로 가르는데, 꼬리에 꼬리를 물고 쓰러지며 흑백의 파란波瀾이 일었다.

"그러게, 색도 자유로워야 하는데."

"가령, 빨간색 라면?"

"하하하! 그렇지! 누가 요리사 아니랄까 봐! 혹시 커피 라면은 없나요?"

루미는 여전히 황당하다는 표정으로 되받아쳤다.

"옆구리 쿡쿡 찌르면 또 모르죠. 만들어 드릴지. 호호호."

"옆구리?"

"농담이시죠? 아니면, 커피믹스를 섞어드릴까요?"

"설탕은 빼시고, 하하하!"

라면이 다 끓었다.

"자 들어보시게! 빌어 처먹을 예술 천국 아니, 라면 천국일세!"

루미의 뱃살로 침투해 온 문명과의 야간전투. 방어할 틈도 없이 그가 빈속을 내주었다. 그는 전략도 전술도 없이 쓰러지고 말았다.

그렇다고 항복할 수는 없었다.

내부의 적, 동물적 태만을 버리고 더 싸워야 했다.

루미는 오늘도 혼자 떠드는 일에 더욱 익숙해졌다.

내일은 뭔가 달라도 달라질 수 있을까?

지갑

오후가 되자, 티피에 나타난 루미가 싸움에 지친 투견의 행색으로 티피 안을 빙빙 돌았다.

"이거 뭐, 뭔가 금방 깨질 듯 아슬아슬한데, 뭐지? 이 분위기는?"

"뭐가?"

"아니, 난 그냥……."

"친구라는 여자가 어떻게 그럴 수 있지? 승희 말이야. 사랑이니 동맹이니 떠들다가 나보고 정신병원이나 가보라고? 심각하게 비정상이라고? 나 원 참!"

"그랬어? 승희가 그런 말을? 에이~ 장난이겠지?"

"모르는 소리 마! 이 여자가 꼭 나를 가르치려 든다니까! 이 여자가! 내가 지갑 정리하는 거랑 군대랑 무슨 상관이야? 나 보고 관물대 트라우마가 어떻고, 중국 놈 말로는 '따더'인가 큰 대인가, 떠들어대면서 한 마디로, 남자가 남자답게 대범하지 못하다는 거야. 남자가 어떻고 저떻고 해대면서 꼭 자기만 멋진 척한다니까, 정말 짜증이야!"

자연이 **빠르게** 루미의 말끝에 끼어들었다.

"물론, 상관이 없지! 지갑 정리를 한 게 군대랑은. 아무래도 승희는 너보다 좀 느긋하고 정리정돈을 잘 안 하는 편이지 않니? 그러다 보니 서로 오해가 생긴 거 아니겠어? 아무튼, 내 생각엔 너무 심각하다고 할 필요는 없을 듯한데, 그나저나 승희가 관물대를 알아? 대단한데, 하하하!"

"아, 정말! 심각! 심각! 관물대! 관물대! 떨쳐버리려고 해도 둘 다 날 반복적이고, 지속해서 아주 정말, 연속적으로, 치밀하게 놀리네. 참! 좋겠어, 승희처럼 쏘~우 쿠~울 해서, 나 참!"

루미는 자기가 가장 듣기 싫어하는 말이 '심각'이라고 했다. 그 다음은 '관물대'. 이 말을 듣거나 생각만 해도 기분이 우울해진다고 했다.

정리습관이 정상범주가 아니라는 말로 루미를 놀리던 승희의 목소리가 꼬리에 꼬리를 물고 그의 머릿속을 떠다니며 좀처럼 지워지지 않는다고 했다.

루미의 말에 한숨이 섞였다.

"사실 매번 후회하면서도, 승희랑 다툰 적도 여러 번이야. 솔직히 지갑 속에 들어있는 돈을 천 원, 오천 원, 만 원, 오 만 원이 안 섞이게 끼리끼리 정렬하다가, 내가 왜 이러는 거지? 라는 생각이 들기도 해. 그런 생각이 들 때마다 아무래도 내게 약간의 강박증이 있다는 생각이 들기도 하고.

나중에 꺼낼 때의 편함을 위하여 미리 준비하는 과정이라고 하지만, 스스로도 간혹 그로 인해 스트레스를 받으니, 그건 모순 아니겠어?

모든 사람이 이렇게 사는 줄 알았는데 승희에게 얘기하니 정신병원이나 가보라지 뭐야.

내가 이상한 거니? 아니면 승희가 이상한 거니? 이렇게 사는 게 보통 일반적이지 않나? 물건을 정해진 곳에 두면 찾을 때 편하니까.

아주 가끔 규칙을 벗어나서 정해진 곳이 아닌 장소에 물건을 두는 일이 있는데, 나중에 찾는 곳에 없으면 멘붕 아니야? 가방 안에 물건 배치할 때도 그래. 단순히 막 넣는 게 아니라, 내부 수납구조에 따라 들어가는 물건이 누구나 정해져 있지 않나? 책이나 충전기, 핸드크림, 티슈 등등, 다 제자리가 있고. 바지든 외투든 지갑이나 스마트폰은 항상 제 자리에 있어야 하는 거 아냐? 책상 정리할 때 몇몇 물건들은 항상 정해진 곳에 있어야 하고, 대신 그 외 나머지는 그냥 놀자판이어도 난 신경도 안 쓴다고. 승희랑 얘기하면서 나왔던 것들이랑, 당장 내가 생각나는 건 이 정도인데, 몇 개 더 있을 텐데, 기억은 나지 않네. 하여튼 그래도 나 정도면 정상범주에 속하지 않나?"

"글쎄, 정상이 뭔지 잘 모르지만, 아무튼 내 생각엔 네가 아직 무언가에 갇혀 있는 것 같기도 하고, 아닌 것 같기도 하고……."

"어휴, 답답해! 물어본 내가 잘못이지. 대답할 것도 없어. 승희는 비정상, 나는 정상이라니까!"

"그래?"

"그래!"

"아무튼 조였다 풀었다 해야 하는 것이 생각 아닐까? 언제나 조이고만 있으면 언젠가는 뻥! 하고 터져서 마음에 병이 생기지. 스스로 상자 속에 감금하는 거니까.

사람들이 자유로워지고 싶다고, 자유, 자유, 말하지만 진정으로 자유로운 사람이 몇이나 될까?

그리고 말이야, 가장 좋은 것에는 방법이 따로 없어, 모두 다 다르니까. 어쩌면 강박관념은 언어와 의식 사이를 흐르는 추상일 뿐인지도 모르고.

어쨌든 승희가 여자라서 너 또한, 여자는 여자다워야 한다는 생각에 갇힌 거는 아닐 테지? 그런 거는 아닐 거야, 그치?"

"자유는 또 뭐고, 추상은 또 뭐래? 도대체 무슨 말을 하는지, 나 참!"

"하긴, 나도 내가 무슨 말을 하는 건지 모르겠다."

"괜찮아, 그 정도는 괜찮아. 승희는 그 정도가 아니라니까. 왜 똑같은 사람으로 태어나서, 성질이 다 다른지, 승희는 정말 까칠하다고. 나랑은 달라도 너무 달라! 그놈의 성질을 언제나 고치려는지 걱정이야."

"바로 그거야, 걱정."

"뭐야 또?"

"그래도, 네가 승희를 사랑하는 것은 사실이잖아?"

"그거야 그렇지만, 아무튼 달라도 너무 달라! 여자가 정리 정돈을 잘해야지, 여자가!"

미끌

자연이 티피의 흔들의자에 걸터앉으며 라디오를 틀었다.

"젖소가 한우를, 송아지를 한 번도 낳지 않은 젖소에게 한우 수정란을 이식, 출산에 성공!"

아나운서의 힘찬 목소리가 계속되었다. 잠깐 선잠이 들었던 자연이 얼굴을 간질이는 파리를 쫓으며 자리에서 벌떡 일어섰다.

"에이, 이놈의 귀찮은 파리들! 그나저나 그러면 젖소야? 한우야? 자연을 인간의 생각대로 재단하다니!"

자연이 얼굴이나 닦아야겠다며 화장실로 향했다.
곧이어, 이어지는 소리.

"하하하, 이놈, 하하하 하하하!"

자연의 큰 웃음.

루미가 화장실에서 손을 씻은 후, 비누에 생긴 거품은 물론이고, 화장실의 몇몇 소품들을 물로 깨끗이 씻어놓은 걸 보고 웃는 자연의 웃음소리가 거품처럼 일어 화장실 밖으로 새어 나왔다.

자연의 손바닥을 지나는 비눗물은 미끌미끌했지만, 그의 웃음소리를 듣고 안정을 찾지 못한 루미의 삐침은 매콤했다.

"헐, 웃어? 나 때문에 웃었을 테지. 아니면, 뭐겠어? 우리는 처음부터 만나지를 말았어야 해! 후유~힘들다. 힘들어."

제4부

금禁 콜라

· · · · · · · · · · ·

시퍼런 '에피루스'의 촉을 품은

전사가 되고 싶었다

맑음에서 탁함을 밀어내려는

그의 시적詩的 면역체계가 열병을 치르는 동안

보라

"계곡으로 오라는 거니? 그곳에 있는 거야?"

잠꼬대였다. 자연이 자리에서 일어나 냉수 한 컵을 단숨에 들이켰지만, 꿈에서 몇 번이나 보았던 린의 모습을 떨쳐버릴 수 없었다.

며칠째 내리던 비가 오후 두 시쯤 멈췄다.

자연이 티피 앞 나무 의자에서 앨리스 품에 안겨있는 보라를 보았다.

"냐~옹, 안녕? 앨리스도 안녕?"

보라가 고개를 삐죽 빼 들고 자연을 쳐다보았다.

"너를 보니까 린이 생각나는구나."

이유는 모르겠지만, 무거운 표정으로 말이 없던 앨리스가 자연에게 물었다.

"아, 린! 블랙 레브라도어였죠? 그런데 오늘은 안 보이네요?"

"지난여름에 ……."

"어머!"

앨리스가 보라를 당겨 안았다.

자연이 앨리스와 보라에게 린의 사진을 보여주었다.

"꽃들이 예뻐요. 어머, 린 표정 좀 봐."

"아~ 예, 올해 오월인가 유월인가 봄이었죠. 린 표정이 꼭 봄 소풍에 가슴 설레는 아이의 모습 같지 않아요?

복숭아꽃을 좇다가 다시 돌배꽃인가, 다섯 잎 하얀 꽃 있잖아요? 꽃잎이 막 날리는데 그 그늘에서 배가 고픈 줄도 모르고, 하! 린이랑 함께 얼마나 뛰어다녔던지, 하하하! 그때 사진이에요."

보라가 다시 고개를 들었다. 무언가 냄새를 맡은 모양이었다. 앨리스가 보라의 콧등을 닦아주며 말했다.

"정말 귀엽네요!"

"맞아요. 모성적인 사랑을 느끼게 해주죠."

"어떻게 하겠어요? 사랑스럽게 웃고 있는 표정을, 뿌리치지 못하잖아요. 애들은 정말 뽀뽀가 장난이 아니에요. 단, 보라는 자기가 원할 때만, 호호호!"

"하하하! 그렇죠? 사람들도 린처럼 언제나 웃는 모습으로 살면 얼마나 좋을까요?"

"그나저나 가을에 웬 태풍이라죠?"

"그러게요. 비가 많이 와서 계곡에 물이 많이 늘었을 텐데, 걱정이에요."

"때로 동물들이 더 현명해 보일 때가 있어요. 징후를 미리 알고 그것에 맞게 행동하는 걸 보면."

"징후?"

"네, 동물들은 본능적으로 자연재해를 미리 알아차린다잖아요?"

"맞아요, 참으로 놀라운 일이 많아요."

앨리스가 스마트폰을 꺼내어 시간을 확인했다.

"어머, 늦을 뻔했네! 병원에 가야 하는데."

"네? 병원에는 왜?"

"사실은, 일주일 전에 보라가 새끼를 낳았어요. 얼마나 딱하던지. 두 마리였는데, 한 마리만……."

"저런! 그럼, 다른 한 마리는?"

"맞아요. 아주 멀리 떠났죠. 혹시 모르겠네요. 린과 놀고 있을지, 호호. 그해 가을에 늦태풍이 오면, 동물들이 새끼를 안 낳거나 한 마리만 낳는다죠? 저의 외할머니께서 그러셨는데 아무튼 보라가 다니는 병원에 가서 약을 좀 받아야 해서요."

"보라야 미안해, 나는 내 이야기만 하고 있었구나. 너도 우리와 함께 태풍을 겪은 줄도 모르고……"

빗방울이 다시 두두둑 떨어졌다.

징조

'금禁 콜라' 이틀 차, 민재가 콜라를 끊은 지 이틀이 지났다.

자연이 민재를 위해 주문했던 탄산수가 카페 히피티피로 배송되었다. 콜라를 끊는데 도움을 받을 계획으로 민재가 이틀 전에 그곳으로 배송해 달라고 부탁한 것이었다. 하루 한 병을 기준으로, 앞으로 한 달간 마실 양이었다.

"그러잖아도 전화하려고 했는데, 오후에 탄산수가 배달됐어."
"그래? 알았어. 곧 갈게!"

전화기 속 민재의 목소리는 탄산수처럼 톡 쏘는 듯했다. 얼마 지나지 않아 그가 티피에 도착했다. 자연이 땅에 묻어 둔 항아리에서 탄산수 한 병을 꺼내어 그에게 건네주었다.

"캬~~ 몸에 좋은 탄산수! 콜라보다 훨씬 싸고, 칼로리도 없고, 당분도 없어!"

자연은 곧바로 사진 한 장을 민재에게 전송하였다.

"근데, 민재야, 이것 좀 봐 봐."

민재가 사진을 확대하여 보았다. 몇 년 전 배우 신현준의 금연 소식을 전했던 인터넷 뉴스 화면을 캡처한 사진이었다.

"신현준, 6년 씹던 금연 껌 끊기 성공, 완전히 끊었다! 이게 뭐야?"
"응, 예전에 배우 신현준이 금연을 하기 위해 금연 껌을 씹다가, 금연 껌을 끊지 못했다는 일화인데 웃기지? 나는 이걸 보고 얼마나 웃었는지, 하하하!"
"아, 정말! 너 나 놀리는 거지?"

사실은 자연이 종종 민재의 콜라 사랑을 놀리고는 했었다. 맑은 물을 마셔야 몸도 마음도 날씬해지는데, 콜라는 맑지 않다는 것이 이유였다.

민재의 콜라 사랑은 중학교 때부터 시작되었다. 사실 그 때만 해도 그가 콜라와 이렇게 긴 관계를 맺게 될지는 몰랐다. 그런데 그때부터 지금까지 매일매일 콜라를 마시거나 아니면, 하루 이틀 안에는 꼭 콜라를 마셔왔다.

그와 콜라의 관계를 막을 수 있었던 건 군대뿐이었다. 그것도 기껏해야 몇 주.

콜라와 그의 관계는 거의 사귀는 수준으로 보였다. 사람들은 보통 햄버거나 피자를 먹을 때 콜라를 찾지만, 그는 밥을 먹을 때나, 라면을 먹을 때나, 찌개, 빵 등을 먹을 때도 콜라를 마셨다. 모든 걸 콜라와 먹는다고 보면 된다.

그러던 그가 일단 한 달간 끊는 것을 목표로 콜라 끊기에 돌입했다.

"그런데 더 웃긴 건, 육 년 만에 금연 껌을 끊은 대신, 이 년째 은단 중독이라네. 하하하, 어떻게 그럴 수가 있어? 으하하!"

"하나도 안 웃겨!"

"그래? 난 웃기던데. 그나저나 어때? 탄산수는?"

민재는 콜라를 끊은 후, 이틀 만에 느낀 탄산수의 그 영롱한 청량함에 쌓였던 스트레스가 다 날아가는 기분이었다.

"근데 그건 왜 물어?"

"콜라와 너의 그 질긴 인연도 이젠 끝인가?"

"내가 다시 콜라를 찾는다면 그땐 날 때려! 콜라가 죽든지 내가 죽든지, 그걸로 끝!"

"오, 예! 때리는 건 내가 할게!"

"뭐, 뭐라고? 아 정말!"

"농담이야 농담! 아무튼, 행운을 빌어!"

"두고 봐!"

민재가 탄산수를 두 병이나 마시고 돌아갔다. 한 시간이나 지났을까. 그가 목이 마르다는 표정으로 다시 티피로 왔다. 그가 직접 항아리 있는 쪽으로 걸어갔다. 항아리를 덮고 있는 뚜껑을 열어서 탄산수를 꺼냈다.

"이런 젠장 할! 벌써 두 통이나 비웠는데……."

민재를 본 자연은 웃어야 할지, 울어야 할지, 어째야 할지
몰랐다. 징조가 좋지 않았다.

녹綠 비

"봄비, 나를 울려주는 봄비……."

가수 신중현의 노래는 비가 와서 봄을, 만물을 그리고 마음을 적시고 흘러내렸다.

봄비, 누군가 아프다는 소리, 여인의 흐느낌으로 들렸다.

문득 여인들 이름이 스쳐 갔다. 여인…… 좋아했으면서도, 그토록 사랑했으면서도, 등 돌려 떠난 여인. 사랑해. 사랑해. 끝내 소쩍새처럼 눈물 나게 소리 하는 여인. 민재가 하나. 둘. 세어보았다.

언젠가 비는 사랑이라고, 의도하지 않아도 눈물이 흐르는 사랑이라고 했던 그의 말이 매화 향 깊은 찻잔에 별처럼 떨어졌다.

별

민재가 쓸쓸함을 감추려는 듯 술잔을 들이켰다.

자연이 침묵을 깼다.

"그래 정말이지 세상일이 내 맘 같지는 않다는 생각이 들 때가 있어. 하지만 말이야! 나는 지금 기쁨을 말하려는 거야. 아픔의 선을 넘은 다음 단계 말이야. 넘지 못할 선이 아니잖아?"

"선? 기쁨?"

"그래! 누군가 도대체 내 마음을 몰라주나 할 때 가슴이 답답해 본 적 있지? 아! 여자! 물론 여자와의 관계에서도 마찬가지일 거야. 그럴 때 나의 반응은 둘 중 하나지. 에이! 하며 짜증을 내거나 내 맘을 몰라주는 상대방을 무시해버리거나.

무시하는 일은 마음은 덜 상하는 일이지만 내 마음으로부터 누군가를 별 볼 일 없는 인물로 치부하여 수준 이하로 판단해버리는 일이라서 나중에 생각해보면 그 또한 바람직한 일은 아닌 것 같아.

짜증을 내는 일은 또 그것대로 스스로 부족함을 즉석에서 내보이는 일이라서 그리 마음에 들지 않기는 마찬가지고 말이야.

표정에 변화를 보이지 않은 채, 자조적으로 되어 혼자 쓸쓸해지는 것은 그래도 좀 나을 때겠지. 그런데 이런 마음을 돌려 밝고 맑은 마음, 고요한 마음을 회복하도록 해 줄 묘안을 발견했어. '초록 슬픔'이야."

"기쁨이라더니?"

"그래, 초록의 슬픔 속에 담긴 기쁨을 보라는 거야! 초록의 여름을 꿈꾸는 저 빗물을 봐! 살아있지 않니? 생각해보면 슬픈 것은 봄비가 아니라 나 자신이었어. 봄은 봄대로 열심히 여름을 키우고 있지 않니? 기쁘고 아팠던 모든 것들, 지금의 나를 이루는 것들, 그 모든 것들을 그냥 그대로 인정하는 일 말이야. 그냥 그대로 두고 바라보는 일."

민재가 자연에게 조심스럽게 물었다. "나도 너와 같은 시인의 눈을 가질 수 있을까? 미움 받을 용기를 가진 사람이 될 수 있을까? 너를 사랑했던 여인들도 같은 마음이었을까?" 하고.

자연의 대답은 오히려 힘차고 중독적이었다.

"그럼! 그러니 너는 너대로 꽃을 피워야 해. 오늘을 사랑해야 해! 내 짐은 내가 홀로 책임져야 한다는 거, 그냥 그대로의 아픈 봄을 사랑해야 한다는 거, 그래서 이제는 봄비가 너를 슬프게 못 해야 한다는 거야!"

* * *

이틀째 비가 내렸다.

자연은 오후 내내 혼자 원고를 읽었다. 늦은 오후가 되어도 창밖은 어두웠고 비는 그대로 내렸다.

비는 계속 슬프다.

'시에서 사랑을 떠올렸어. 오늘 내리는 비처럼 우울한 빛이랄까? 사랑은 정말이지 맘 같지 않으니까.'

그가 혼자 중얼거리다가 여인의 목소리를 흉내 냈다.

"언제까지~ 내리려나~."

저녁나절, 비가 멈추고 자연의 마음도 가라앉았다. 그는

텃밭의 꽃을 만나고 나무를 안아주었다. '나무야'라고 불러
주었다.

남자

"아! 티피에서 빼고 나왔어야 했는데."

"출산이 권력이면서 나누는 것이라면, 방뇨는 투쟁적이고 고독하지."

"뭐래? 고독은 무슨? 하하. 오줌 마려워 고통스럽기만 하고만."

자연은 민재에게 '들키지 말라'는 충고를 덧붙이고 티피 쪽으로 사라졌다. 들키지 말라는 그의 말에 민재는 어릴 적 딱총 놀이를 떠올렸다.

골목길에 들어서자 전봇대가 보였다.

"저기가 좋겠군!"

민재가 검지를 뻗어 전봇대를 겨누며 달려갔다. 이산가족 상봉도 아닌데 갈비뼈가 아프도록 전봇대를 껴안았다. 인적을 확인하기 위해 슬쩍 고개를 돌려가며 주변을 살폈다.

아무도 안 보였다. 그는 가죽 허리끈을 풀어 저리는 엉덩

이에 걸치고 단숨에 방아쇠를 당겼다.

"땅! 땅! 땅!"

민재의 머리에 전선이 휘감는 느낌이 들었다. 그의 몸이 떨리고 움츠려졌다. 그러나 두리번거리지 않았다.

"가라! 천지연까지!"

민재가 골목길에서 새로운 수로를 남겼다. 수심 모를 천지연까지 온전히 흘러갈 수 있기를 바랐다. 노래를 불렀다.

남자라는 이유로
민재는 골목길에서 점령군이 되었다.
행구로는 청정지대 한 곳을 잃었다.

불면

민재의 팔뚝에 개미가 기어 다녔다.

간지러워서 한두 마리 제거하려다 발견한 개미굴. 살 껍질 아래, 그러나 보이지 않는 그의 몸속에 개미가 사는 게 분명했다.

"으~!"

더 놀랍고 걱정스러운 것은 개미들의 무게가 평균 체중 이상이라는 거였다.

"이놈들은 무엇을 먹고살아 온 것인데 저리도 뚱뚱할까? 내 피와 살일까?"

민재가 어릴 적 맛본 개미 똥구멍은 설익은 살구 같았다. 그가 신맛을 떠올렸다.

"그렇다면 개미가 산성을 가진 것인데, 그렇다면 뼈를 녹여낼 것이 분명한데…… 벌써 뼈가 녹기 시작한 것일까?"

민재가 개미굴 입구에 입술을 대고 힘차게 빨아댔다. 아무리 빨아대도 나오지 않는 개미들. 따끔따끔한 느낌이 두려움까지 몰고 왔다.

"어쩌란 말인가?"

몸속에 부식의 원흉을 두고 살 수는 없는 일. 손톱이 더자라고 갈고리가 될 때까지 기다릴 수도 없는 일.

민재가 아직은 덜 자란 손톱을 세워 개미굴을 찔렀다. 파헤쳤다.

살 껍질이 벌어지면 벌어질수록, 벌어진 그의 팔뚝에서 평생 한 번도 세어보지 못한 숫자의 개미들이 쏟아져 나왔다.

"억, 억 하나, 억 둘…… 억!"

몇 개까지 세었을까?

개미들이 퍼뜨린 무수한 소문들

끝이 없었다.

민재가 잠에서 깨어 다시 잠들지 못하는 새벽. 그의 팔뚝은 계속 간지러웠다.

빙글

　민재가 봉봉峯峯 산악회 밴드를 살폈다. 언젠가는 세상 모든 봉우리를 밟아보자고 시작된 밴드였다.

　밴드의 채팅방에는 항상 몇몇 고등학교 동창들이 팝콘을 던지듯 사랑이나 가을 얘기, 먹는 얘기, 추억의 노래 등을 올리고는 했다.

　민재가 자연과 가까워진 것도 군대를 제대한 후부터 연락이 끊겼던 그가 십여 년 만에 산악회 밴드에 가입한 후부터였다.
　그때 그가 자연에게 물었었다.

　"먹고 살 만하냐?"
　"무급 시인이 뭐."
　"무급?"
　"시로 돈을 못 버니, 무급이지. 넌 먹고 살 만하냐?"

　민재는 그 후로 일주일에 몇 번씩 자연을 만났다.

민재는 무소속 시의원 후보로 나갔다가, 있던 재산 다 날리고 부모님께 물려받은 30평짜리 2층 상가 하나 겨우 남겼다고 했다.

"불타는 금요일인데 뭐해? 한 잔 빨까?"

오후 다섯 시쯤 민재가 티피에 갔다.

"오늘 저녁은 뭘 먹는 게 좋을까?"

자연이 먼저 말을 꺼냈지만 결국, 민재가 그의 말꼬리를 잘랐다. 민재는 그에게 언제나 그런 식이었다.

"아! 개~열 받아! 그 자식이 일간지에 전면광고를 실었잖아!"

무슨 무슨 건강식품으로 큰돈을 벌었다는 고등학교 동창에 관한 얘기, 게다가 부정부패의 꼬리를 감추고 달아난 정치인에 관한 민재의 얘기는 몇 개월째 똑같았다.

자연이 전화 거는 흉내를 내며 민재의 말을 끊었다.

"야! 통닭 시킬까?"
"말뿐이지 도대체 움직이지를 않아!"
"뭐가, 통닭집?"
"니미! 의원님들 말이야."

통닭집에서 배달원이 올 때까지, 민재는 '니미 니미'를 반복했다. 낄낄거리다간 또 씩씩거리며 나발을 불고, 명분이 옛날 같지는 않지만 한말 우국지사의 통절한 충정을 주제로 하는 만화 그리기 사업 이야기도 했다.

결론이 없는 대화였지만, 그들은 조상 대대로 물려받은 머리카락은 자르지 말자고 의기투합했다. 새벽이 돼서야 민재는 티피에서 잠들었다.

자연이 잠이 부족한지 부스스한 모습으로 핸드폰을 열었다.

잠에서 깬 민재가 찬물을 들이키며 무엇인가 찾았다.
어젯밤 먹다 남은 소주병과 컵라면.

"술은 해장술이 진짜 아냐? 오후엔 뭐해?"

그들은 어젯밤 무엇을 태운 걸까? 가수 나미의 '빙글빙글'
이 민재의 입에서 떠나지를 않았다.

"우리 만남은 빙글빙글 돌고 여울져가는 저 세월 속에 좋
아하는 우리 사이 멀어질까 두려워~ 어떻게 하나 우리 만남
은 빙글빙글 돌고~."

미스

-수수꽃다리-

민재는 지난밤 글을 쓰겠다고 마음먹었고, '선입견'을 제목으로 해야겠다고 생각했었던 모양이다. 원고를 살펴보니 시는 진전이 없는데, 선입견! 선입견! 이라고 노트의 귀퉁이에 여러 차례 적혀 있었다.

곧 여자 친구가 오기로 했다고 민재가 말했다.

"정말?"
"응."
"몇 살인데? 예뻐?"
"보면 알겠지."
"미스야?"

민재는 그녀가 나타나기를 기다리며 술을 한 잔 더 마셨다.

"미스 뭐라고?"
"오면 물어봐."

민재와 자연은 말없이 창밖을 바라보았다. 노란 풍선을 부는 아이가 보였다. 아이보다 먼 장면에서 우리 쪽으로 걸어오는 여자가 보였다.

"저 여자 맞지?"

자연은 그녀라고 확신했다. 풍선을 좇아 방향을 잃어가던 민재의 눈동자가 빠르게 방향을 잡았다.

"맞아."

민재가 그녀를 맞았다.

"잘 찾아왔네. 아! 그리고 얘는 내 친구야. 그러고 보니 모두 같은 나이구먼. 하하하. 그냥 말 편하게 해도 돼."
"오! 미스 풍성! 아니, 노란 풍선을 닮으셨네요. 볼살도 그렇고, 또…… 아, 일단 앉으시죠."

그녀가 멈칫했지만, 짧고 강하게 대답했다.

"알았어! 그런데 민재가 나를 뭐 술집 여자라고 소개한 건 아니겠지?"

그녀의 외양이며 목소리는 진하고 강했다. 짧은 커트 머리에 금빛이 도는 붉은 색으로 머리를 염색한 여자. 그녀의 몸매는 면과 선, 그리고 입체감이 살아있었다.

그리고 적어도 남자 둘 셋쯤은 그냥 날려버릴 수 있을 것 같은 쓰리 디3D 게임의 힘 있는 여전사를 상상하게 하는 목소리를 가졌다.

진하고 강한 반추상, 뭐지? 폭발적 그러나 관능적 − 흔하지 않은 이 느낌. 자연의 속눈썹이 쉽게 계산되지 않는 강도의 파장으로 떨렸다. 정체를 알 수 없는 야릇한 느낌이 들었다.

그런데 그의 야릇한 떨림은 어디서 온 것이더냐? 색이더냐? 구도이더냐? 끈적끈적한 암내, 그러나 성분을 알 수 없는 액체가 콧물처럼 흐르고, 주삿바늘이 그의 팔뚝에 꽂히듯

했다.

민재와 그녀는 오랫동안 알고 지내는 사이로 보였다. 그녀는 기혼이고 민재와는 그냥 친구라고 소개했다. 그러나 자연은 그들이 어떻게 만났는지, 어떤 관계인지 궁금했다.

"그런데 두 분의 관계는?"

그녀가 대답 대신 빈 술잔을 들어 보이며 '오래된 사연이야! 자 술이나 한잔하자!'라고 했다.

그녀의 목소리, 전체 차렷으로 시작되는 고등학교의 조회를 떠올릴 만큼 씩씩했다. 그러나 여전히 알듯 모를 듯한 떨림의 정체, 그녀의 말끝에서 민재가 술을 더 따르고, 곧바로 말을 이었다.

"옛날 우리 고등학교 때 애 모르면 간첩이었어. 예전엔."

한때 유명하기까지 했던 여자, 어떤 사연이 있는 여자일까? 자연의 궁금증이 술병을 더 가져오게 했다.

그녀가 술병을 들어 자기의 술잔을 채우려 했다. 그녀 곁으로 자리를 옮기는 민재의 조금은 장난기 섞인 입술이 닫힘 없이 떨렸다.

"어허! 내가 따라줄게. 여전하구먼!"

민재가 술병을 뺏어 그녀의 술잔을 채웠다. 자연도 차례를 기다렸다. 자연이 그녀를 바라보았다. 술집 여자는 아니라고? 싱글? 아니지! 기혼이라고 했지. 모르겠다는 갖가지 생각이 들었다.

그녀가 가득 차 넘칠 듯한 술잔을 그녀의 가슴으로 옮겨갔다. 실망할 수 없는 방향, 민재의 시선을 좇아서 자연의 시선도 그녀의 술잔을 따라갔다.

"친구들! 자! 그건 그렇고 우리 우정의 피를 마시자고! 피를 위하여 건배!"

깃발을 감싸 쥔 햇살처럼, 천정의 조명이 그녀의 가슴선을 따라 반짝이다 사라지기를 반복했다. 그녀의 가슴이 흔들렸다. 무지개 속 파도를 가르며 카리브해를 호령하던 해적선의 갑판을 가로질러 달리는 여선장과 흡사해 보였다.

그녀의 윤곽이 파도처럼 펄럭였다. 꼭 낀 가죽 재킷과 바지, 한 손은 허리에 다른 한 손은 날카롭게 휘어진 칼을 쥐듯 술잔을 움켜쥔 여자! 그녀의 거침없는 건배사를 좇아 민재도 단숨에 들이켰다.

"사실, 너의 그런 사내아이 같은 섹시함에 매력을 느끼는 여자애들도 많았잖아? 여전하구나."

민재가 내게 설명이라도 하듯 나와 그녀를 번갈아 보며 말했다.

"그랬었지. 하는 짓도 그랬고……."

자연이 다시 그녀에게 물었다.

"반가워, 그런데 사연 그 사연 말이야."

"아직도 사연 타령이야!"

"하하하. 그런가? 사실 내가 추측했던 건 말이야. 아니, 그건 그렇고 미안해서."

"미안? 왜?"

"아냐! 아무것도……. 어디 먼 곳에 산다고?"

"실없긴…… 멀리 살지. 아무튼 사랑이 뭔지 알기나 했겠니? 그렇게 멀리 떠나갈 줄 또 누가 알았겠냐고."

무엇인가 숨기려는 듯 그녀가 술잔으로 가슴을 가렸다.

"아 참! 친구, 내 이름은 아니?"

"미스……."

그녀가 말했다. 이제는 시들어가는 꽃잎이지만, 자기도 한때는 꽃향기 진한 소녀였다고, 꽃이라고 다 같은 꽃이 아니라고.

그녀의 말끝에 자연이 왜 수수꽃다리*와 녹슨 훈장을 떠올렸을까? 그것도 여러 개.

"혹시 미스 라일락 아니야?"

"호호호, 그건 뭐야? 암튼, 사람들이 나더러 미스 킴 미스킴 그렇게 불러."

"아! 미스 킴."

"아니! 사실 울 엄마가 김 씨……. 나는 송 씨야 송 씨! 그러니까 사실은 미스 송이지."

"아! 정말? 미스 송."

"사실 이름이 뭐 중요한가?"

미스 송이 고개를 숙이며 말을 이었다.

"옛날에 사람들이 울 엄마더러 아끼꼬, 아끼꼬 그렇게 불

렀어. 왜 그거 있잖아? 왜정 때 쪽발이들이 억지로 시켜
서……. 사실 울 엄마 이름은 순이 엄마……. 그냥, 순이 엄
마. 아! 내 이름이 순이야, 송순이!"

미스 송, 세상을 돌고 돌아온 여인.
자연은 '순이'라고, 정말 자기 이름이었을까?
묻고 싶었지만, 이름이 바뀐 여자를 위로하고 싶었지만,
찢기고, 빼앗기고, 개량되고, 역수입되어 우리나라 전역에
산재해 있는 '미스, 미스터 콩글리언'들이 어디 한 둘인가?
그도 할 말이 없는 건 아니었지만, 아무것도 묻지 못했다.
눈물 나는 분 냄새 알지도 못하면서, 여자 마음 알지도 못하
면서, 맞장구만 놓았다.

"아! 정말?"

자연은 누구도 서럽게 하고 싶지 않았다. 아니, 어쩌면 보
랏빛 분 냄새 풀풀 날리는 오월에는 사람보다 꽃에 눈을 맞
추고 싶었는지도 모르겠다.

미스 송이 술을 더 주문했다.

자연이 건배를 제안했다.

"그래! 미스 송을 위하여!"

라일락 향기가 가득하던 어느 날 그녀가 떠났다. 여자가 자취를 감춘 뒤로도 민재는 그녀가 살고 있다는 남쪽의 섬을 몇 차례 더 찾았다고 했다.

* '미스킴라일락'의 순수 우리말.

수술

아침 아홉 시 반. 민재가 예약 시간에 맞춰 연세 세브란스 기독병원 앞에 있는 이영호 치과를 찾았다.

수술대 위에 눕자마자 마스크로 얼굴을 가린 의사가 수술 조명을 비추며 민재의 입속을 살폈다.

"잠깐 따끔할 겁니다."

민재가 마취 주사를 맞고, 잇몸이 마취되기를 기다렸다.

그가 병원에 오기 전 그의 우울한 모습을 보고 놀리던 자연의 장난기 어린 표정이 떠올랐다.

"누구랑 싸웠니? 하여간 그놈의 사랑이 문제라니까, 사랑! 으음 그 말이 떠오르네. '피할 수 없다면 고통을 즐겨라!'는 누가 말했지?"

"그게 아니라니까."

"아니긴 뭐가 아니야? 얼굴이 퉁퉁 부은 걸 보니 분명 무슨 일이 있었구먼."

"이빨 때문이라니까, 이빨! 사. 랑. 니. 빨! 사랑니 말이야! 으~휴, 말하기도 싫어."

그것은 정말로 즐길 수 없는 고통이었다. 민재는 밤새 잠을 이룰 수 없었다. 게다가 진통제도 통하지 않았기 때문에 자연의 엉뚱한 질문에 대답하기 싫었다.

사랑니는 보통 사춘기 무렵에 이성異性에 대한 호기심이 많을 때, 마치, 첫사랑을 앓듯이 아프다고 하여 '사랑니'라고 이름 붙여졌다.

서양에서는 사리를 분별할 수 있는 지혜가 생기는 시기에 나와서 지혜의 이wisdom tooth라고도 부르는데, 사랑이건, 지혜이건 민재는 그 통증을 도저히 견뎌낼 수 없었다.

웬만하면 참으려고 했었다. 그런데 다른 어금니들 맨 뒤에 숨어서 매복해 있는 이놈의 사랑니는 기습적으로 탕! 탕! 탕! 총격을 가하듯 통증의 탄알을 수시로 잇몸에 꽂았다.

총에 맞아 쓰러지는 병사의 고통이 이런 것인가. 민재가 세상의 모든 비극을 떠올렸다.

이빨은 동화 속 눈송이처럼 하얗지만 치사하고 비열하게 고독과 염증 그리고 우울증 아니, 세상의 모든 병증을 몰고 다녔다.

살을 도려내는 이 아픔을 누가 알 것인가, 민재는 더 이상 설명할 도리가 없었다. 참을 만큼 참았고, 숨길 만큼 숨겨온 이 비극의 병증을 제거하고 싶었다. 다섯 가지 복 중 하나가 건강한 이라던데, 그는 자신이 지지리도 복이 없다는 생각만 하였다.

"금방 끝납니다."

의사의 말은 짧고 간결했다. 좋은 목소리였지만 그것조차도 민재에겐 짜증스럽게 들렸다.

간호사가 커다란 수건으로 민재의 얼굴을 덮었다. 눈을 감았다. 잠깐 사이 그의 입 주변이 얼얼해지는 느낌이더니, 지이잉~징 하는 기계음 소리가 머릿속 구석구석까지 파고

들기 시작했다. 마치 커다란 삽으로 뇌를 파헤치는 느낌.

 그는 문득 이 끔찍한 느낌을 잊기 위해 수술을 받는 동안 딴생각해야겠다는 생각을 했다.

 "그래, 노래가 좋겠어. 고독이란 이런 것이잖아, 눈 감고 홀로 노래하는 것이잖아. 너무 아픈 사랑은 사랑이 아니었음을, 너무 아픈 사랑은 사랑이 아니었음을……."

 민재가 김광석의 노래를 불렀다. 그리고 조용필.

 "누가 사랑을 아름답다 했는가, 누가 사랑을 아름답다 했는가."

 도무지 아름답지 않은 병균들의 공격으로 생긴 염증과 통증, 아프고 잠들지 못하는 것, 그런데도 **빠져들** 수밖에 없는 그 무엇이 사랑이라는 말인가?

 "사랑 사랑 누가 말했나, 향기로운 꽃보다 진하다고……

때로는 당신 생각에 잠 못 이룬 적도 있었지……."

행복할 때, 오히려 끝을 상상해야 하는 아픔을 노래한 것인가?

"철삿줄로 두 손 꽁꽁 묶인 채로……."

장이 끊어지는 아픔, 단장의 미아리 고개를 넘는 심정은 또 어떤 것일까?

가까이하기엔 너무 먼 당신, 아니지! 가까이하기엔 너무 아픈 당신. 남궁옥분에 이어 이광조의 노래까지 어떠한 순서도 규칙도 없이 이 노래 저 노래를 이어 불렀다. 그럴수록 민재의 기분은 오히려 더욱 우울해졌다.

"곧 끝납니다. 조금만 참으세요."

민재가 노래를 멈추었다. 수술이 거의 끝나가는 모양이었다. 그러나 그의 생각은 멈추지 않았다.

민재는 도대체 괴롭지 않은 사랑은 사랑이 아니라는 말인가! 그렇다고 나 혼자만 사랑 때문에 아파하는 것은 아니라고 편안한 결론을 내릴 수는 없었다.

"'피할 수 없다면 고통을 즐기라'는 말은 싫다. 고통은 싫다. 버릴 것이다."

사랑이건 사랑니건, '신은 어찌하여 인간에게 이처럼 커다란 고통을 주었단 말인가?'라고 하는, 더욱 원초적인 질문이 떠올랐기 때문이었다.

땡그랑, 사랑니가 수술용 쟁반 위에 떨어졌다. 채굴과 토벌의 끝에서 다시, 의사가 끼어들었다.

"다 됐어요. 아무튼 자주 점검하시는 게 좋아요."

민재의 입이 삐뚤어졌다.

아직은 얼얼한 턱 때문인지 그의 입술이 제 모양을 갖추
지 못했다.

화살

민재가 자식 잃은 아비처럼, 멍하게 벽시계를 바라보다가 자리에서 일어서며 중얼거렸다.

"시차의 눈속임이 천년 동안 쌓인 개펄에 발목이 빠졌다.

/ 조금씩 번져가는 절망의 기미를 엿보던 사내가 보이지 않지만, 거꾸로 쏘아도 적중한다는 화살을 가슴에 품었다

/ 침 튀기며 황당한 방언으로 형제를 속이려는 자! 일말의 희망마저 물살 센 곳 어디쯤 수장시키려는 자!

/ 너의 숨통을 겨냥할 것이다

/ 천박한 놈!"

"왜, 또 뭐야?"

"내 작품의 주제는 내가 알아서 정하는 거 아냐? 예술이 뭐야? 자유가 뭐냐고? 왜 나더러 이래라 저래라 하는 거야? 내가 뭐 사기를 쳤어? 도둑질했어? 그 문장 말이야. 내 글에서 '화살을 품었다'라고 했던……."

"아! 그 부분, 난 그 부분이 통쾌하고 좋던데."

"그놈 알잖아? 미친놈, 그 무슨 언론인인지 문화인인지 하는, 미국까지 갔던 대변, 아니지, 똥! 개새끼 그놈!"

"아! 거기 그 저질 색기! 새끼가 아니고, 색기지 색기. 그 색기가 뭐래? 공소시효는 지났나?"

"크크 맞다! 색기지 색기! 여자라면 환장을 하니까, 그 새 끼가 실실 웃으면서 나더러 하는 말이, 뭐 그따위 글을 썼냐 며 현 정권의 예술정책이 어쩌고저쩌고……. 아무튼 현실에 적응하는 게 건강에 좋지 않겠냐는 거야. 건강이라니, 그게 말이야 된장이야? 협박도 아니고!"

"그건 협박이지, 협박! 나쁜 새끼! 시인님, 화가 많이 나셨 군요? 저 붉은 핏줄 좀 봐! 평소에 얌전하고 좀처럼 말이 없 던 네가 말에 쌍소리가 들어간 욕지거리를 섞는 걸 보면, 자 존심이 많이 상했던 모양이네. 말투야 그렇다 치고, 우리 시 인님, 눈빛마저 다르게 보이는걸. 탁해 보여."

"탁하다고? 야성의 눈빛을 시퍼렇게 반짝이며 밝게 빛나 는 평상시 – 작가적 – 눈빛이 아니라는 거야? 곧 눈물이 터 질 것 같은 서러움이 섞여 있다는 거야?"

자연의 위로가 계속되었다.

"전쟁을 치르는 병사 같아. 하긴, 개똥을 밟았는데 기분 좋을 사람 없겠지! 아마도 울고 싶었을 거야."

"아무리 녹두장군처럼 신념이 강해도 먹고는 살아야겠지 않겠냐며 그러는 거야, 그 새끼가! 내가 자기더러 밥을 달래, 옷을 달래! 뭐, 나더러 쉽게 쉽게 살라고? 어디 그 새끼뿐이겠냐고? 이 땅에 그런 인간들이!"

"……뿐이겠어? 아무튼 대가리에 똥밖에 안 든 놈 같던데, 그냥 참지, 왜 상대를 한 거야?"

"상대? 내가 하고 싶어서 했겠냐? 공소시효 끝나자마자, 그놈이 내 앞에 나타난 거지! 지난번 동문 모임에. 어디다 얼굴을 디밀어, 재수 없게!"

"아무튼, 나는 바른말 한 마디 숨기지 않는 너의 글이 좋아. 편협한 이념의 늪에 빠졌다거나, 옆을 보지 않고 달리는 경주마처럼 질주 본능에만 사로잡혀서 무작정 반대를 위한 반대를 하는 네가 아니잖아.

너의 글은 언제나 적이 어디에 있든, 쏘는 대로 적중한다는, 그 뭐지? 그래, 에피루스Epirus의 화살을 품은 듯해.

때로는 얼마나 달콤한지, 거부할 수 없어. 어떨 땐 부끄러

144

운 자책감을 느끼게도 되고. 숨이 멈출 것 같았던 기억은 또 몇 번이었는지 아니?"

"예술의 가치는 생명 아닌가! 영혼의 생명! 천민자본의 '묻지 마' 천박성의 극치라니! 예술가의 생명 작업을 정해진 틀 안에 가두려 하는 땅, 누군가의 생명을 자기 것으로 가로채려는 땅, 이 땅은 정말 예술가들에게는 지옥이야, 지옥!"

민재는 자신의 말에, 그 촉에 독을 묻힌 죽창의 예리함이 함께 흐르기를 바랐다. 목소리는 작았지만, 반골의 정서가 뼛속까지 새겨진 야생마의 외침, 적진을 향해 달리는 말들의 거친 숨소리를 내고 싶었다. 자연의 말대로 에피루스 Epirus의 활을 갖고 싶었다. 시퍼런 에피루스의 촉을 품은 전사가 되고 싶었다.

맑음에서 탁함을 밀어내려는 그의 시적 면역체계가 열병을 치르고 있는 동안, 자연이 민재의 말투를 흉내 냈다.

"아! 예술의 신이시여! 예술이 죽어가고 있나이다. 당신의 이름으로 저 개똥 같은 새끼에게 똥이나 한 열 깡통 보내 주시오!"

"하하하! 뭐야? 어이쿠! 늦었네! 일어서려다가 내가 무슨 말을 이렇게 길게 한다니? 미안! 이제 정말 가야겠다. 차 잘 마셨어."

"벌써 가려고? 그나저나 끝내주는 대작 라면 끓여 줄 테니, 좀 먹고 가지 그래? 시간도 늦었는데."

"대작? 됐다! 대작을 위해서 어디서 값싼 요리사를 부른 거 아냐? 하하. 농담이야. 늦었어, 돌아가야겠어. 도서관에서 빌린 책도 돌려줘야 하고."

"딴 놈이 끓이는 대작이 아니라, 내가 직접 끓이는 대작이라고, 큰 대의 대, 끝내주는 대작 라면이라니까! 아주 그냥 죽여줘요!"

갱생

민재가 며칠째 보이지 않았다.

며칠 만에 티피에 나타난 민재가 지역구 국회의원을 만나기 위해 서울에 다녀왔다고 말했다.

"보좌관 자리라도 구하려고 갔었는데, 만나보니까 몹시 나쁜 새끼 같아서 그냥 왔어. 내 월급을 자기가 쓰겠다는 거야. 뭐 그런 개 도둑놈이 있냐고, 에이!"
"교정이 쉽지 않겠구먼."
"교정? 교정한다는 것은 웃기는 허구라고!"

민재가 입에 물고 있던 담배를 손으로 옮겨 쥐고 담뱃잎을 퉤! 퉤! 내뱉었다.

"에이, 라이터가 어딨지? 안 되겠다. 그렇다면……."

민재가 그의 재킷 안주머니에서 플라스틱 젓가락 한 짝과 유리 조각을 조심스럽게 꺼내 자연에게 보여주었다. 그러더니 젓가락으로 탁자 모서리를 탁탁! 두드렸다.

"어떻게 들려?"

"탁탁?"

"와우, 천잰데! 그래, 이게 '탁'이라는 거야! 그럼 이건 뭐 같아?"

민재가 보여준 젓가락 머리에 빨간 점이 박혀 있었다. 무슨 표시 같다는 자연의 대답에 표시가 아니라, 젓가락 머리에 지름 2밀리미터 가량의 구멍을 파내고 라이터돌을 끼워 넣은 것이라고 했다. 그가 티피 소파의 쿠션에 있는 작은 구멍에 손가락을 넣어 손톱 크기의 목화솜을 뽑아냈다.

"그건 또 뭐야?"

"불을 피우려고. 야, 너는 잠깐 솜이나 들고 있어 봐."

민재는 유리 조각을 '깔'이라고 불렀다. 그가 '깔'로 '탁'을 착착 긁어대자 놀랍게도 불꽃이 튀었다.

"얼른 솜을 여기에 대!"

"으응, 알았어."

자연이 솜을 불꽃이 튀는 곳에 가까이 대주었다. 두세 차례의 시도 끝에 결국 솜에 불이 붙었다. 민재가 자랑스럽다는 듯 담배에 불을 붙였다.

"선거법 위반으로 교도소에서 있을 때 배운 거야. 허락만 하면 그곳 사람들은 헬리콥터도 만들 거야."

"돌도끼가 아니고 불도끼구먼. 젓가락의 갱생이야! 하하하. 그나저나 라이터돌은 어떻게 가지고 들어가지? 들어갈 때 온몸을 뒤진다면서?"

"입속에. 거기서는 숨겨온 것들로 라이터뿐만이 아니라 철창을 뚫고 나갈 열쇠도 만들 수 있을 거야 아마. 교정은 불가능해. 교정이라는 이름으로 술과 여자 그리고 담배가 금지되어 있지만, 여자와 교정만 빼고 모든 것이 가능하다고!"

"하긴, 도구는 필요 때문에 그 가치를 인정받는 것이지.

그럴 수도 있겠군. 아무튼 그때 네가 헬리콥터 조립하는 기술만 배웠으면 그곳에서 빨리 탈출할 수 있었을 텐데 하하하!"

"바깥세상과 도구만 다를 뿐! 돈만 있으면 그 안에서도 무엇이든 할 수 있어! 한 평도 안 되는 독방에 있어도 욕망은 잡초처럼 자라나니까. 아무튼 그 국회의원 새끼도 마찬가지야!"

자연은 담배는 어디에 숨기는지, 다 없어지고 나면 그다음은 어떻게 하는지, 또 다른 도구가 있는지 궁금했다. 민재의 말처럼 욕망이 불꽃을 만들었다면, 불꽃은 또다시 더 큰 욕망의 불씨가 될 것이 분명하지 않은가? 게다가 욕망은 시공을 초월하여 잡초처럼 끈질기게 다시 살아남지 않는가? 결국, 교정은 허구에 불과한 건가? 자연은 모든 일이 궁금했다.

국화

민재가 사람의 얼굴이 운명을 결정한다고 말했다. 한 차례의 낙선이 있었지만, 시의원 자리를 꿈꿔왔던 그동안의 그의 태도로 보아서는 쉽게 예상할 수 있는 말이었다.

그는 가끔 쌍꺼풀 수술만 하면, 다음번 선거에서는 반드시 당선될 것이라고 말하기도 했었다.

오후 12시 24분, 예약 시간까지는 36분 남았다.
자연은 아직 점심을 먹지 않아서 배가 고팠다.

"저기 골목 입구에 꽃 많이 보이는 집 어때?"

좀 더 가까이 다가가자, 식당 입구에는 몇 가지 종류의 국화가 심어진 화분이 놓여있고, 간판에는 '국화집'이라고 쓰여 있었다. 민재가 배가 고프다며 자연보다 앞서 들어갔다.

스무 평 남짓의 가게는 비좁고, 점심시간이라 그런지 직장인들로 가득했다. 개방형 주방에는 주인으로 보이는 일흔 살 정도의 할머니 혼자 일하고 있었다. 민재가 할머니에게 말을 건넸다.

"할머니, 맛난 거 뭐 있어요?"

민재의 말이 끝나자마자, 할머니가 미간을 찌푸리며 화가
난 듯한 목소리로 그에게 소리쳤다.

"맛? 주는 대로 처먹어! 이 맛 저 맛 다 들어가 있으니까!
둘이여? 거 아무 데나 앉아!"
"네? 아 네."

손님 중 누군가 키득거리며 웃는 소리가 들렸다.
민재가 잠시 당황한 듯 보였지만, 주변을 둘러보며 재빠
르게 구석 자리를 잡았다.

할머니가 무쇠 솥에서 삶던 순대를 길게 뽑아서 싹둑, 날
선 부엌칼로 팔뚝 길이만큼 끊어냈다.

"으~! 뜨거! 자기들이 맛을 알아?"

할머니는 마치 손님들 모두가 들으라는 듯, 한 손에는 쓸어낸 순대와 돼지의 염통과 귀를 들고, 한 손에는 양은 국자를 들고 깊게 팬 나무 도마를 탁탁 쳐대며 목소리를 키웠다.

"어미 밥이 최고야! 아는 놈들 다 알면서 왜 자꾸 따지는 거야? 뭐든 어미가 주는 대로 잘 처먹는 놈들이 오래 살더구먼. 할머니가 아무럼 못 처먹을 걸 넣었을까 봐! 먹어봐!"

할머니가 해장국 두 그릇을 던지듯 민재와 자연의 밥상에 올리고 부엌 쪽으로 사라지며 한 마디 더 보탰다.

"주는 대로 처먹어!"
"네! 하하하!"

자연은 웃어넘겼지만, 민재는 언짢은 표정을 바꾸지 않았다.

민재는 핸드폰을 열어보며 시간을 확인했다. 예약 시간이 아직 30분 남았다.

"그러지 말고 아예 옛날 왕이나 대통령 얼굴로 바꾸는 것은 어때? 바꿀 거면 확실히 바꿔야지! 안 그래? 마이클 잭슨처럼 검정에서 하양으로 확! 바꾸는 거야."

"뭐 그렇게까지야. 아무튼 지난번에도 내가 아는 선생님 말씀이 내 눈 주변에는 피가 흐르지 않는다는 거야. 그러니 우물을 파라고 하더군. 그분이 쌍꺼풀 수술을 말씀하신 거 아니겠어?"

"우물? 하하하! 목마르네. 아 미안! 빨리 먹고 가자!"

국밥집을 빠져나온 민재가 잠시 가게 앞 화분에 담긴 국화꽃을 바라보다가 자연에게 물었다.

"국화라, 흠…… 할머니 이름인가? 그나저나 너 여기 처음이니?"

"응."

"그 할머니 눈꺼풀 봤어? 푹 팬 것이 쌍꺼풀 수술 후유증 같지 않니?"

"설마."

"그건 그렇고, 맛난 거 있냐는 게 뭔 죄라고, 맛이랑 사람 생긴 거랑 또 무슨 상관이라고, 게다가 날 언제 봤다고, 팔천 원짜리 해장국에 육시랄! 백만 원어치 욕을 한 대니?"

민재가 자연에게 몇 마디를 던지고는 다시 병원으로 향했다. 그는 병원으로 가는 내내 말이 없었다. 그가 분명 무엇인가를 고민하고 있다는 증거였다. 그가 처음 머리 염색을 하려고 할 때도 그랬다.

자연이 성형외과의 문을 열며 민재에게 농담 섞인 말을 건넸다.

"그냥……. 주는 대로 처먹는 게 어때? 아까 할머니가 어떤 아가씨들한테 한 말 기억 안 나?"

"뭐? 무슨 말?"

"사람도 그래! 살다 보니까 마음 생김새가 먼저더라 이거야. 자기들 어미가 아무렴 못 보일 걸 내났을까? 왜들 생긴 거 가지고 지랄들인지. 아무튼 이 동네는 정신 나간 년 놈들이 너무 많아. 놈이나 년이나 젊은것들은 다 똑같아. 잘생겼다, 못생겼다. 뭘 그렇게 따져! 뭐든 생긴 거 보고는 모르는 거야! 안 그래? 어이구!"

"야! 그만해! 나도 고민 중이야. 에이!"

민재는 길을 걷다가 언제고 국밥 냄새가 나면, 그가 성형외과 골목 입구의 '국화집'을 먼저 떠올리지 않을까? 이 맛 저 맛, 가지가지 맛과 얼큰하게 퍼지던 해장국 맛이 혀에서 생각나지 않을까? 모든 것이 제자리를 지키는 듯하지만, 흩어지거나 합쳐지면서 쉼 없이 변하고 있지 않은가? 얼굴도 마찬가지, 중요한 건 단맛, 쓴맛, 짠맛, 신맛에 하나를 더한 다섯 번째 맛, 인생의 향기가 아닐까? 변하지 않은 생명의 향기, 그런 것 아닐까?

민재의 말대로 국화는 정말 할머니의 이름이었을까? 욕쟁이 할머니의 맛난 양념이 쩌렁쩌렁한 유행가 가사처럼 자연의 입가에서 지워지지를 않았다.

민재가 간호사에게 수술 날짜를 변경할 수 있는지 물었다.

홍시

"야! 이거 어제 산 홍시인데 먹어봐!"
"홍시?"

민재가 티피에 들어서자마자, 자연에게 홍시를 건네주고 화장실로 향했다. 그가 언제나 챙겨오던 조간신문이 보이지 않았다. 그가 화장실에서 나왔다.

"왜? 무슨 일 있어?"
"일은 무슨? 아침에 홍시 먹다가 엄마 생각나서. 에이! 우리 엄마는 왜 자식 성공하는 것도 못 보고 돌아가신 거야! 그나저나 뭐 재밌는 일 없냐?"
"아침에 만화 봤는데……."
"그래! 뭔데?"
"응! 어떤 나무 이야기인데 괜찮더라고."

만화를 좋아하는 민재가 궁금해 했다. 만화 얘기가 아니라면, 그는 자연에게 말할 기회를 주지도 않았을 것이다. 자연은 씻지도 않은 홍시를 입에 물고 말을 이었다.

"제목은 〈나무의 전설〉인데, 옛날 옛적에 한 그루 나무가 있었어. 봄이 되자 새싹이 파릇파릇 움트기 시작하였고, 기다림으로 오래 설레었던 나무는 뾰족하게 겨우 머리를 내민 연초록 어린 나뭇잎들에게 가을 이야기를 하기 바빴지. 가을이면 나무는 붉고 탐스러운 열매를 맺게 될 것이라는 이야기를 말이야.

가을밤 휘영청 밝은 달 아래 주렁주렁 매달린 달콤한 열매의 향기가 마을까지 퍼져나갈 때면 선남선녀들이 짝을 지어 나무 그늘에 모여든다는 이야기도 해 주었지.

벌써 열여섯 해째 그 열매를 보았노라는 나무의 이야기는 매일매일 계속되었고, 봄이 다할 무렵 여린 나뭇잎은 그만 사랑에 빠져버렸어."

"사랑?"

"응! 나뭇잎은 아직 보지도 못한 열매를 기다리며 부지런히 매무새를 가꾸기 시작했지.

나뭇잎의 열망은 점점 자라나 진초록 건장한 몸을 만들었고 자신이 할 수 있는 최대한의 멋을 부렸어.

여름이 시작되자 조그만 꽃망울이 맺히기 시작했는데, 드

디어 나뭇잎의 열망은 현실이 되는 것 같았지.

어느 아침 눈이 부시도록 예쁜 꽃이 피었고 나뭇잎은 기뻐 어쩔 줄 몰랐던 거야. 하루하루가 황홀한 축제라고 할까?

그러는 사이 어느새 여름은 지나가고 있었어. 꽃잎이 지는 자리에 아주 작은 열매가 맺히기 시작했어. 나뭇잎은 사력을 다해서 땅속 깊은 곳으로부터 자양분을 끌어올렸을 테지.

한두 차례 참기 어려운 가뭄을 겪어야 했고, 서너 차례 폭풍우를 견디어야 했지. 그렇게 시간이 흐르는 동안 나무는 나뭇잎이 지성으로 열매를 키우는 모양을 말없이 바라보기만 하였고, 열매는 나뭇잎의 배려 속에서 나날이 성장하게 된 거야.

산 너머에서 문득 산들바람이 불어오고 계절은 가을의 시작을 알리고 있었어. 하루하루 붉고 탐스러워만 가는 열매를 바라보는 나뭇잎의 기쁨은 말로 표현할 수 없는 것이지.

그러던 어느 날 나무는 나뭇잎에게 청천벽력과도 같은 최후의 통첩을 하고야 말아. '북풍이 불어오기 전에 나뭇잎은 떨어지게 마련인 것이 운명이라고, 그리고 나뭇잎이 다 떨어져야만 비로소 열매는 완전히 숙성할 수 있다.'라고 말이야.

며칠인지 알 수 없는 슬프고 암담한 시간이 흘렀지. 처음에 나뭇잎은 운명에 저항하여 메마른 잎으로나마 나무에 매달려 있기로 했어. 할 수만 있다면 시간을 멈추게 하려고 하였고 열매의 성숙 따위 알 바 아니라 절규하였지. 지금 이대로 열매를 바라볼 수만 있다면 완전한 성숙 같은 것은 필요 없다고 말이야.

그렇게 며칠이 지나던 어느 순간 나뭇잎은 바람에 자신을 맡기기로 하였지. 선뜻 몸을 날려 바람 속으로 날려 간 것은 어느 한순간이었어.

때마침 후드득거리며 숲을 흔들기 시작한 가을비도 나뭇잎에게 용기를 주었지. 휘리릭 바람에 날려가면서 나뭇잎은 아직 사랑의 고백조차 하지 못했다는 사실을 기억하게 되었어.

그러나 이상하게도 서럽지 않았어. 다만 자신의 불운이, 자신이 그 모든 것을 감내할 수 있었다는 사실이 조금 슬펐을 뿐이었지."

민재가 아무런 대꾸도 없이 밖만 바라보고 있었다. 꽤 오랫동안 침묵이 흘렀다. 자연은 하던 이야기를 끝내고 싶었다.

"왜? 재미없어?"

"무슨 만화가 그렇게 슬프냐? 에이!"

"민재야! 오늘 너나 나나 기분이 그저 그런 것 같은데 소주나 한 병 사 올까?"

민재는 홍시를 먹지 않았다.

소주잔을 바라보는 그의 눈빛이 홍시보다 붉게 변했다.

"민재야! 울지 마! 홍시 한 번 먹어봐. 나무의 눈물은 달지 않니?*"

---

* 졸고, 『동그란 얼굴』에서

나가며

벗들과 길을 나섰다.

미세먼지가 몰고 온 감기바이러스를 피해 갈 방도가 없었다. 목젖이 뒤틀리고, 마음은 여전히 엉긴 서릿발로 가득했다.

연휴 내내 꺾이고 또 부러진 더듬이를 치료하고 펴보려 하였으나, 눈을 똑바로 뜨기에도 힘든 시간을 보내고 말았다.

승희가 물었다.

"어머! 산들바람이야. 어느 쪽이 좋겠어? 산 쪽? 아니면 들 쪽?"

"하하하! 글쎄, 어디로 갈지는 가면서 결정하지 뭐."

쭉쭉 뻗은 고속도로를 버리고 국도로 접어들어 강원도의 산길을 달렸다.

위험을 감수하며 이리저리 고개를 돌려보았다. 잠시라도 한눈을 팔면 저 아래 절경으로 낙하할 듯한 강림 고갯길을 타고 치악산을 넘었다.

이름도 고운 매화산을 넘고 안흥 지나 문재터널을 지나 만나게 되는 이름도 특이한 멋다리 휴게소. 인심 후한 주인이 열어놓은 급수대에서 방림물 한 모금 입에 머금고 바라보는 젖은 흙 색깔이 퍽 싱그러웠다.

정돈된 밭고랑 위에 아가 손 한 뼘 만큼 자라난 배추 이파리가 별처럼 벌어져 빗물에 젖어 있다. 비지정 관광지인 계촌 강가의 연초록 산과 물의 어울림을 뒤로하고 평창 길로 접어들어 대화, 장평에 이르도록 내쳐 강물을 따라 달렸다.

시원스레 뚫린 길 한 편으로 익어갈 옥수수의 풍요를 미리 상상하노라면 여름을 가로질러 가을 풍경이 문득 한눈에 들어왔다.

진부 지나 오대산에 이르는 길은 신록의 향연이다. 차 문을 열고 속도를 낮추어 간이 산림욕을 즐겼다. 맑디맑은 산천을 휘발유 연기로 오염시키는 일에 죄책감을 느끼며 최대한 조용조용 달렸다.

차를 버리고 월정사로 향하는 전나무 숲길을 걸었다. 다리 난간에 기대어 계절 따라 변해 가는 물 색깔을 하염없이 감상하다가 나조차 바위에 부딪혀 부서지는 물보라처럼 속절없이 사라져버릴 듯한 무아지경에 도취하였다. 언뜻 쏴 거리며 숲을 지나온 바람 소리에 깨어 다시금 길을 재촉했다.

나전, 정선 길로 접어들었다. 정선 고갯길을 넘어, 가수리를 지날 무렵엔 왠지 눈시울이 뜨거워졌다. 골짜기마다 절경으로 아름다운 그곳.

처음 들어설 때는 이 첩첩산중에서 어찌 살아갈 수 있으랴 싶어 한스러운 눈물이 나고, 돌아갈 때는 물 좋고 산 좋은 그곳을 떠나서는 그리워서 또 어찌 살까 싶어 절로 눈물이 난다는 그 동네였다.

한적한 정자에서 다리를 쉬며 지나온 길을 되짚어보았다.

자연이 말했다.

"바람은 틀에 갇히지 않아. 그러니 얼마나 많은 삶과 만났을까?"

"틀?"

"산들바람 말이야, 바람이란 그런 것 아닐까? 삶의 길을 알려주는 삶의 표지판 말이야. 우리의 푸른 생명이 온전히 유지될 수 있도록 오래도록 강원도 땅이 변하지 않으면 참 좋겠어."

민재는 말이 없고 루미만 맞장구를 놓았다.

"맞아!"

도로의 표지판이 아니라, 다시 바람이 일러주는 길을 달렸다. 시원하고 가볍게 부는 바람이 빛의 변화를 품고 이마를 스쳐 갔다.

숙암 철쭉 길엔 꽃잎이 지고, 한 꺼풀 세속에 찌든 때를 벗고 대자연의 맑은 기운을 차려입은 듯 파릇한 새순이 함빡 돋아 있었다.

카페 히피티피

초판 1판 1쇄 인쇄 2023년 3월 27일
초판 1판 1쇄 발행 2023년 3월 29일

지은이 원 교
발행인 김소양
편 집 권효선
마케팅 이희만

발행처 ㈜우리글
출판등록번호 제321-2010-000113호
출판등록일자 1998년 06월 03일

주소 경기도 광주시 도척면 도척로 1071
마케팅팀 02-566-3410 **편집팀** 031-797-3206 **팩스** 02-6499-1263
홈페이지 www.wrigle.com

ⓒ 원교, 2023

이 책은 저작권법에 따라 보호받는 저작물이므로 무단 전재와 무단 복제를 금합니다.
이 책의 전부 또는 일부를 이용하려면 반드시 저작권자와 ㈜우리글의 동의를 받아야 합니다.

값은 표지에 있습니다.

ISBN 978-89-6426-106-4 03810

잘못 만들어진 책은 구입하신 서점에서 교환해 드립니다.